……Круто было❤
時々ボソッとロシア語でデレる隣のアーリャさん
Иногда Аля внезапно кокетничает по-русски
2

「ま、こうなったら
やる気出さないわけにはいきませんわ」
久世政近
実はロシア語が分かる、
基本不真面目な元中等部生徒会副会長。
アリサの夢を応援するべく、
再び副会長候補として選挙戦に挑む。

「わたしはもうあなたになど興味ありませんので」
「全ては有希様のご意向に従います」
谷山沙也加
中等部時代に、有希と生徒会長の座を争った現風紀委員。高等部では生徒会に入らず、選挙戦への出馬は見送るものと思われていたが……。
君嶋綾乃
無音無口無表情がデフォルトな、有希の従者。主人に絶大な敬愛と絶対の忠誠を捧げる忠義の人。それだけに、今の政近には思うところがあるようで……。

「わたしね、アーリャちゃんと
競いたくないの――」

「ちょっと……
どこ見てるのよ」

目次

時々ボソッとロシア語でデレる隣のアーリャさん2

燦々SUN

角川スニーカー文庫

22763

Illustration：ももり
Design Work：AFTERGLOW

プロローグ

違うから！

　とあるマンションの一室。全体的に落ち着いた雰囲気の漂う部屋の中、ベッドに身を投げ出して百面相をしている少女がいた。

「なんで……いや、でも……」

　なにやらぶつぶつと独り言を言いながら、その美貌に浮かぶ表情を忙しなく変化させる彼女は、この部屋の主、アリサ・ミハイロヴナ・九条その人である。

　ブレザーだけ脱いだ制服姿のまま、シャツにしわが付くのも気にせず、ベッドの上であっちへ行ったりこっちへ来たりを繰り返すアリサ。普段の彼女らしからぬ粗雑さだったが、それだけ今のアリサは余裕がなかった。

　思い出すのは、つい三十分ほど前の出来事。学園からの帰り道、自分に向けられた真っ直ぐな眼差し、差し伸べられた手。それに対して……自分が漏らした言葉。

「好き？　好きって？　え？　ええ⁉」

　ほとんど無意識で、するりと口からこぼれ落ちた言葉だった。胸の奥から湧き上がって来た大きな感情の波に押し出されるようにして、気付けばその一言を呟いていた。

「好き？　久世君を？　わ、わた、し……〜〜〜っ!!」

確認するように、改めてそう自問自答し、直後顔を真っ赤にさせると枕にダイブする。

「違う！　ち、が、うぅぅぅ〜〜〜〜！」

枕に顔を押し付けたまま、脊髄反射のように否定の言葉を叫ぶ。

（好き？　私が？　久世君を？　ない！　そんなことあるわけない！）

あんなやる気のない人、好きになるはずがない。たしかに、今までもロシア語でそれっぽいことを口にしたことはある。

けれど、あれはあくまで政近をからかっていただけだ。いつも一枚上手のような顔をして余裕ぶってるくせに、示される好意に全く気付かないその滑稽さがおかしくて、心にもないことを言っていただけだ。

（……本当に？）

頭の奥から響いてきたその疑問を、アリサは強引に握り潰す。

「本当よ。私は久世君のこと好きなんかじゃない。あれは……ちょっと、場の雰囲気に流されただけ。それだけよ！」

そう言い切って無理矢理自分を納得させると、アリサはガバッと起き上がり、クローゼットに向かった。

(仮に……そう、百歩。ううん、一万歩譲って私が久世君のことを好きだとしても……今は、そんなことより大事なことがあるもの)

服を着替えながら、アリサは改めて再確認する。今の自分にとって最も大事なことが何か、を。

考えるまでもない。生徒会長になることだ。

色恋などにうつつを抜かして、そこに向かう努力を怠るなど、許されざる行為だ。

それは、その夢を支えると言ってくれた、政近に対する裏切りでしかない。

(そうよ……久世君の協力を得た今、私がすべきはその期待に応えることでしょ？　その私が選挙活動を放り出して、仮に告白なんかしたら……久世君はどう思うの？)

自問自答するアリサの脳裏に、政近の姿が浮かぶ。

『え？　好き？　……いや、ごめん。俺別に、そんなつもりで「支える」って言ったわけじゃないし……お前、俺のことそんな目で見てたの？　ちょっと……ナイわ。やっぱり会長選手伝うって話はなかったことに……』

完全に引いた様子で、そんなことを言う政近の幻像。

「かっ、は……っ」

自分自身の想像にダメージを受けて、アリサはふらりとよろめいた。

おぼつかない足取りでベッドに戻ると、掛け布団の上に崩れ落ちる。

そのまましばし呆然としていたが、やがてその眉をキリキリと吊り上げると、掛け布団にバスバスと平手打ちを打ち込み始めた。

「別に！　私だって！　あなたのことなんか！　好きじゃ！　ないわよ‼」

言葉を叩き込むように手を振り下ろし、息を荒らげる。

（それに、どうせ久世君のことだもの。明日学校に行けば、またやる気のない態度で私をイライラさせるに違いないわ）

あんなことまで、したのに。この、私が。

「っ！」

そう考えるとまた無性に腹立たしくなり、アリサはベッドから立ち上がると、少し荒っぽくクローゼットの戸を閉めた。

それと同時に玄関の扉が閉まる音がし、アリサは熱を持った頬を押さえて表情を改めると、出迎えに向かう。

「おかえりなさい、マーシャ」

「ただいま、アーリャちゃん」

「？」

いつものようにふわふわとした笑みを浮かべ、空いている手でアリサの肩を抱き寄せると、左右の頬にチークキスをするマリヤ。しかし、その動きはどこか気が抜けており、心ここにあらずといった様子だった。

「マーシャ……何かあった？」

「え……なにが？」

「なにがって……」

言ったはいいものの上手く説明が出来ず、言葉に詰まるアリサ。

そんなアリサを、やはりどことなく普段と違った視線で見つめるマリヤだったが、不意ににぱーっとした笑みを浮かべると、その手に持ったビニール袋からぬいぐるみを取り出した。

「そうそう、そうなの！　実はぁ……すっごく素敵な出会いがあったの！」

「え？」

突然の華やいだ声に面食らうアリサの眼前に、ズイッと突き出されるネコのぬいぐるみ。

「じゃ～ん！　アーリャにゃん！」

「あ、アーリャにゃ……？　え？」

「見て見て！　アーリャちゃんによく似てない？」

「……どの辺りが？」

一歩引いてそのぬいぐるみを眺め、思わず真顔で問い返すアリサ。

「えぇ～？　この目元とか？」

「ぬいぐるみに目元も何も……」

「あるわよぉ〜ほら、ちゃんと見て？」

「ああ、はいはい分かったから……とりあえず、その名前はやめて」

「えぇ〜？」

「私が呼ばれてるみたいで落ち着かないのよ」

「うぅ〜ん、じゃあ……アーにゃんならいい？」

「まあ、それなら……」

「わぁい、じゃあおうちに行きましょうね〜？　アーにゃん？」

嬉(うれ)しそうに笑み崩れた表情でぬいぐるみを胸に抱くと、自室(夢の国)に向かうマリヤ。

その背を呆(あき)れた表情で見送るアリサに、ふと立ち止まったマリヤが肩越しに声を掛けてきた。

「そうそうアーリャちゃん、久世くんのことなんだけど……」

「……なに？」

不意につい先程まで考えていた人物の名を出され、とっさに身構えるアリサ。そんなアリサの警戒を知ってか知らずか、マリヤは明るい声で続ける。

「ううん、いい子ね〜って思って。アーリャちゃんが好きになっちゃうのも分かるわぁ〜」

「だから、好きじゃないわよ」

「本当に～？」

「しつこい」

内心の動揺を押し隠すように、アリサは強いて呆れた声を上げる。そして直後、肩越しに向けられたマリヤの視線に息を呑んだ。

なぜなら、それまでの明るい声に反して……その瞳には、怖いくらいの真剣さが宿っていたから。

しかし、その瞳はすぐにいつものニコニコとした笑みに隠された。

「うんうん、そっかぁ」

「え？」

「なるほどね～素直になれないアーリャちゃんも可愛いわ」

「は、はぁ!?」

「でも、好きなら好きって早く伝えた方がいいわよ～？　誰かに取られてからじゃ、遅いんだから」

「な、なんの話してるのよ！」

「ふふっ、青春ね～」

アリサの言葉にも構わず、勝手に納得して好き放題言って部屋に引っ込むマリヤ。

「まったくもう、なんなのよ……」

姉のいつもながらのマイペースっぷりに諦め（あきら）の表情を浮かべると、アリサはもうそれ以上気にしないようにして自室に戻った。

しかし、気にしないようにしてもなお、

「……」

マリヤが肩越しに見せたあの真剣な目が、しばらくの間頭から離れないのだった。

Иногда Аля внезапно кокетничает по-русски

第1話　おわかり、いただけただろうか……

「あぁ～～マジでねぇわ～～」

夜道を一人、なにやらぶつぶつと独り言を言いながら歩く男子学生。不審者ではない。アリサを家まで送り届け、絶賛帰宅中の久世政近(くぜまさちか)である。

「なぁ～にが『俺が支える』だよ。なにが『黙って手を取れ』だよ。ホントマジで何様だよ死ねよクズが。あぁ～もうマジでキモイ痛い恥ずい。いや、キモさで言ったら今こうしてぶつぶつ言ってる自分が一番キモイんだけどさぁ～～」

その口から垂れ流されるのは、激しい後悔と自己嫌悪。

つい先程、アリサに対して珍しく男を見せた政近だが、今はその反動で激しく落ち込んでいた。自分がアリサに言った言葉が頭の中でリフレインし、羞恥(しゅうち)と後悔で死にそうになっていた。それに加えて……

「アーリャ……完全に『好き』って言ってたよな……」

並木道でアリサが見せた花咲くような笑顔。

別れ際に頬に触れた柔らかな感触がはっきりと思い出され、政近は酷く落ち着かない気分になった。政近は今まで、アリサが時々見せるロシア語のデレは、ただのお遊びだと思っていた。小悪魔的に好意をチラつかせ、バレるかバレないかのスリルと気付かない政近の滑稽さを愉しんでいるのだろうと。

だが、先程見せられた好意は、明らかにその範疇を逸脱していて……あれはもう、アリサの本心だったのではないかと……

「いや、ねぇよ」

浮かびかけた推測を、自分自身で即座に否定する。

(俺と同じで、アーリャもなんか気分が盛り上がっちゃっただけだろ。今頃、アーリャも我に返って羞恥と後悔に襲われてるんじゃないか？　うん、そう考えたらそんな気がしてきた)

しかし、そう自分を納得させたところで、アリサの見せた好意に胸が高鳴ってしまったのも事実で……。

「俺……もう恋とか出来ないんじゃないかと思ってたんだけどな……」

実際、あの子がいなくなって以来、政近は誰かに恋情を抱いたことは一度もなかった。女の子を見て、「可愛いな」とか「綺麗だな」とかは思う。年頃の男子らしく、劣情を抱くこともある。しかし、異性として「好きだ」と思ったこと、胸が高鳴ったことは、一度もなかった。

（そもそも、俺みたいなクズを好きになってくれる人がいるとも思えないんだけどな）

元より、政近は自分自身のことが嫌いだ。自分ですら好きになれないこの久世政近という人間を、他の誰かが好いてくれるということ自体、政近にとっては想像し難いことだった。加えて、政近は恋愛感情というものを信用していない。

恋愛感情なんてものはその大半が一時の気の迷いで、何かきっかけがあればすぐに冷めるものだと思っている。

特に……自分自身の恋愛感情に関しては、全く信用していなかった。

（あの子の名前も顔も思い出せない俺が……誰かを本気で好きになれるはずないだろ？）

学生同士の恋愛なんて、所詮お遊びのようなものだ。学生時代に付き合ったカップルが、そのまま結婚まで行くなんて現実では滅多にない。

そんなことがありふれているのは創作の世界だけ。実際には、学生カップルなんて些細なことでくっついたり別れたりする不安定な関係だ。

もし仮にアリサの好意が本心だったとして、この欠点だらけの久世政近という人間を近くで知れば、そんな感情すぐに消え去るに違いないのだ。

（それに……学生時代に付き合って結婚まで行ったところで、離婚する人もいるしな）

頭の中に自分の両親を思い描き、皮肉げに笑う。そして、すぐに深々と溜息を吐いた。

「……めんどくせぇ」

自然と、そんな言葉が口から漏れる。

恋なんて……そんな不確かで曖昧(あいまい)なものに関して頭を悩ませるなんて、馬鹿みたいだ。心底面倒くさい。

そもそも、別に恋人が欲しいわけでもないし、アリサにはっきり告白されたわけでもない。それなのに、どうしてこんなことをうだうだ考えなければならないのか。

(ハァ……こんな風に考えている内は、一生恋人なんて出来ないな)

そう考えると、なぜか自分が酷く異端な人間のように思えて、またしても気分が落ち込んでくる。こう気分が落ち込んでいる時は、アニメでも観て気分を晴らそう。そう思って、政近は家に向かって足を速めた。

そして、二次元に逃避する気満々で家のドアを開け……そこに、あるはずのない靴を発見して固まった。

「あいつ……用事があったんじゃなかったのかよ……」

思わずそう漏らしてから、「いや、別におかしいことじゃないか」と思い直す。今日の一件が政近を生徒会に入れるべく仕組まれたことなら、有希(ゆき)が計画に嚙(か)んでいるのは当然のことだ。なんなら、主導者である可能性まである。

「まんまとハメられた……というか、引きずり出されたって訳か」

溜息を吐きながら、洗面所の扉を引き開ける。と……

「え……？」

「あ……？」

目が、合った。バスタオルで頭を拭く、全裸の有希と。呆然とした表情で目を見開いていた有希が、パッとバスタオルで体の前面を隠す。そして……

「きゃぁ──！　お兄ちゃんのエッチ！」

「てめぇタイミング見計らって出てきたろ」

「バレたか」

「バレるわ。大方、俺が玄関のドア閉める音聞いて出て来たんだろうが」

ジト目で指摘されるや、途端に悲鳴を引っ込めてニヤッとした笑みを浮かべる有希。悪びれた様子もない妹に、政近は「体張り過ぎだ」と呆れながら洗面所を出て行こうとする。

「おいおい、待ちたまえよ。私がどうしてこんなことをしたのか気にならないのかい？」

「気になることは気になるが、とりあえず服着ろや」

「まあまあ、聞きたまえよ政近君。私はつい先程、大変なことに気付いてしまったのだよ」

「……大変なこと？」

どうせロクでもないことだろうと思いながらも、扉に手を掛け顔を背けたまま聞き返す政近。そんな政近に、有希は「フッ」とニヒルな笑みを浮かべながら右手で片目を覆うような仕草をした。

さながら事件の真相を悟った名探偵の如き、やたらと様になった仕草。

ペロンとめくれたバスタオルからいろいろと見えてしまっているせいで、実にシュールだが。そんなことは気にせず、有希は半分隠れた目をカッと見開きながら叫んだ。

「そう……これだけ長いこと一つ屋根の下で過ごしておいて、着替え遭遇イベントを消化してなかったことにね！」

「予想を超えてロクでもねぇ！」

「全ての兄は妹の着替えに遭遇するものでしょうが！　遭遇するものでしょうが!!」

「二次元ならな！　このオタク脳が！」

「おにぃには言われたくない！」

「ちくしょう！　今日の俺にその言葉は特別刺さるぞ！」

つい数時間前に、美人の先輩相手に「ハッ！　これは間接キスイベント!?」とかやってしまった身としては、その言葉は傷口にハバネロだ。

思わず胸をぐっと摑んで「ぬぐぅ」と呻き声を上げる政近を余所に、有希はあらぬ方向を向いてなにやら悩ましいポーズを取る。

「というわけで、サービスショット。いや～ん」

「どこ向いてんだどこを」

「え？　バカには見えないカメラ」

「裸だけにってか⁉　やかましいわ！　オタク脳にしか見えないカメラだろうが！」

「じゃあお前見えるじゃん」

「ああ、見えるな。完璧に見えたわ。イェーイ」

有希と同じあらぬ方向を向いてピースをする政近。客観的に見てかなりヤベー兄妹である。

「うむ、すっごくシュールな画が撮れたな！」

「お前のせいでな！」

真面目くさった表情でうんうんと頷く有希に、すかさずツッコミを入れる政近。すると、有希は妙に芝居がかった態度をやめてニヤッと笑った。

「まあ冗談は置いといて、これは騙し討ちみたいにしちゃったお兄ちゃんへのせめてものお詫びデスよ」

「お詫びに全裸を見せるんじゃねぇ」

「おうおうあんちゃん、黙って言わせとけばスカしたこと言ってくれるじゃねぇか。上から下までばっちり確認したことは分かってんだぞあぁん？」

「有希……この際だから、これだけは言っておく」

「おう、どうしたよ兄貴。無駄にキリッとした顔しやがって」

「全見せは……かえって萎える。チラリズムこそが正義だ」

「……なるほどな？　これは盲点だったぜ」

なぜかキメ顔で通じ合う兄妹。二人の間にピキーンと光が走ったのを、この兄妹は直感した。

そして、政近は口元に満足そうな笑みを浮かべると、おもむろに脱衣所を後にし――

「オイコラ待てや。誤魔化されねぇからな？　お前見たよなぁ？　上から下までばっちりくっきり見たよなぁ？」

「……胸までしか見てねぇよ」

「認めたな！　このおっぱい星人！」

「うっせぇこの痴女」

「処女ビッチと呼べぇい！」

「どんなこだわりだ！　つーかいい加減服着ろやボケ！」

叫ぶや否や、政近はピシャリと扉を閉めてリビングに向かった。やむなくキッチンで手洗いうがいをすると、さっさと自室に戻る。

「はぁ……」

なんだかうじうじと悩んでいたことが馬鹿らしくなってしまい、政近は溜息を吐きながら鞄を床に放り出すと、ブレザーとワイシャツを脱いでタンクトップだけになって、ズボンを脱――

「そこだぁ!!」

「うおぉ!?」

――ごうとした瞬間、髪を濡らしたままパンツとシャツだけ身に着けた有希が、例によって扉を蹴り開けて侵入してきた。

驚いてバランスを崩し、足首にズボンをまとわりつかせたままベッドに倒れてしまう政近。そんな政近にじろじろと視線を這わせると、有希は下卑た笑みを浮かべた。

「へっへっへ、イイ体してんじゃねぇかにいちゃん」

「ビックリするわ！　なにすんだいきなり！」

「いやぁ、この機会に妹が兄の着替え覗くパターンも消化しとこうかと」

「兄の下着姿見て何が楽しいんだ」

「う～ん、楽しいっていうか……」

言いながら有希は政近の下半身を見ると、ドン引きした表情を見せる。

「マジかよ……こいつ、妹の全裸見て全く反応してねぇぞ？　どこかおかしいんじゃね？」

「おかしくないから反応してねぇんだよ。イヤだろうが、妹の裸見て興奮する兄貴とか」

「あたしはお兄ちゃんの裸で興奮できるけどな！」

「うん、今のは聞かなかったことにしておこう」

「あたしはお兄ちゃんの裸で興奮できるけどな！　できるけどな‼」

「リピートすんな！　念押しすんな！」

「いやぁもう、この体があのたくましい会長によってどんな目に遭わされるのかと思うと……」

「そっちの興奮かよ！　お前いつの間に腐女子属性まで手に入れやがった⁉」

そそくさとズボンを穿き直した政近のツッコミに、有希はどこか切ない笑みを浮かべてふっと遠い目をする。

「最初はナイな〜と思ってました。でも、実際に見ずに否定するのは違うと思いました。見てみたら割とアリでした」

「まんまと沼にはまってんじゃねぇか。というか、お前の部屋にそっち系の本は置いてなかったと思うが？」

この久世宅には、一応有希用の部屋がある。もっとも、ベッド以外にはオタクグッズしかないような完全な趣味部屋だが。

政近もそこから漫画やラノベを借りているので、そのラインナップは完璧に把握していた。そして、政近の知る限りそっち方面の書籍は一切なかったはずだった。

怪訝そうにする政近に、有希はさもありなんと頷く。

「そりゃそうだよ。置いてあるのはお父さんの書斎だし」

「言っとくけど許可はもらってるからね？　お父さん、『置く場所がなくなったら書斎の本棚の空いてるところに置いていい』って言ってたし」

「にしたって、まさかガチでムチな本を置かれるとは思ってなかっただろうよ！」

「でもお父さん、『まあ、趣味は人ぞれぞれだしね……』って言ってたよ？」

「それでいいのか父さん！　娘が腐ってんだぞ!!」

「そう言うお父さんのどこか疲れたような笑みと薄くなった生え際を見て、『ああ、苦労を掛けてしまっているんだなぁ』とちょっぴりしんみりしましたまる」

「クソみてぇな気付きだな。そして、生え際のことは言わないでおいてやれ。本人気にしてるみたいだから」

　政近の言葉に有希はケラケラと笑いながら部屋を出て行くと、ドライヤーとヘアブラシを手に戻ってきた。その長い髪を丁寧に乾かしながら、ドライヤーの音に負けないよう大声で政近に語り掛ける。

「ところで兄者よ～」

「なんだよ」

「会長やマーシャさんと話して、生徒会に入る決心は付いたかね？」

「……ああ、それなんだけどな……」

「ん～？」

　気まずさから声が小さくなった政近に、有希はドライヤーを止めて顔を上げた。こちらを見上げる妹の顔を正面から見返すと、政近は意を決して口を開く。

「俺は、アーリャを生徒会長として推すことにした」

「……」

　政近の告白に、有希は目を見開いて固まる。

　しかし、無理もない。アリサを生徒会長に推すということは、同じく生徒会長を目指す有希と敵対するということだ。客観的に見て、裏切り行為だと言われても仕方がない。

「お――」

「お？」

　不満や恨み言のひとつくらいは言われるものと覚悟を決める政近を前に、有希は突如政近のベッドに身を投げ出すと、枕に顔を押し付けて叫んだ。

「お兄ちゃんが、アーリャさんに寝取られたぁ――‼」

「いや、寝取られてはねぇ」

　冷静にツッコむ政近に、有希はガバッと顔を上げると、ガッと両手で自分の胸を摑んで持ち上げた。

「くっそぉ、このおっぱい星人め！　あたしのCカップじゃ満足出来なかったというのか！　アーリャさんのEカップ（推定）にあっさりたぶらかされおってぇ！」

「カップ数とか生々しいこと言うんじゃねぇ！」

「冷静になれよブラジャー！　いや、ブラザー！　揉めないEカップより揉めるCカップの方が断然いいだろうが！」

「どっちも揉んじゃいけねぇよ!?」

「それとも何か!?　綾乃のDカップも付けろってか！　二人並べてハーレムプレイがお望みかこのむっつりスケベ！」

「てめぇマジでいっぺん揉むぞこら」

「ヨッシャ来いやオラァァ――――！　優しくしてくださーい!!」

「なんでそんなにノリノリなんだよ！」

政近の激しいツッコミに、ベッドの上で膝立ちになってバッチコーイとやっていた有希は、突然両腕で自分自身を抱きかかえて身をくねらせた。

「えぇ～？　どうする～？　妹のファーストパイタッチ奪っちゃう～？」

「パイタッチ言うな。つーかなんだその男子高校生みたいなうざいノリは」

「なーんてね。あたしのファーストパイタッチは、小学生の頃に既におにぃに奪われてるもんね☆」

「そんな記憶はねぇ!!」

　すると、有希はうざいニヤケ顔から一変して「え？」という驚きの表情を浮かべ、それを見た政近は「え？　マジで？」と内心焦りを覚える。

「お兄ちゃん……忘れちゃったの？　あれは、あたしが小学二年生の時……」

「え……え？」

「鬼ごっこの最中に正面衝突して……あたしの股間に顔面ダイブした上、右乳をガッツリ揉んだことを！」

「そんなミラクルを起こした覚えはねぇ！　コッテコテのラッキースケベイベントを捏造すんな！　というか！　小学二年の頃、お前喘息が酷くてほとんど外に出られなかっただろうが！」

「それが今やこ～んなに健康優良児！　中学以来風邪も引いてない！」

　膝立ちで得意げに胸を張る有希に、政近はげんなりとした表情を浮かべる。

「むしろ、もう少し大人しくしてくれてもいいんだが？」

「してるだろうが！　家と学校では！」

「……なんかごめん」

「謝るな！　甘やかせ！」

　有希はそう叫ぶと、フンスと鼻息を鳴らしながら政近に向かってドライヤーとブラシを突き出した。その意図を正確に汲んだ政近は、苦笑を浮かべながらベッドに移動すると、有希の手からドライヤーとブラシを受け取る。

「へへ、お願いしま〜す」

すると、有希は嬉しそうな表情でいそいそとベッドの上を移動し、政近に背を向けてペたんと座り込んだ。

「……そんなに上手くないぞ」

政近はそう断ってからドライヤーを起動させ、有希の長い黒髪を丁寧に梳かしていく。

そのまましばらく無言の時間が続いたが、政近がドライヤーの風を冷風に切り替えたタイミングで、不意に有希が口を開いた。

「そっかぁ……おにぃは、アーリャさんと立候補することを決めたんだ」

「ああ……悪いな」

「ん〜〜？　別に謝るようなことじゃないけど？　兄妹対決とか王道で燃えるじゃん」

「ははは……」

この期に及んでオタク的な発想をする有希に、政近は苦笑を漏らす。

「……念のため言っとくが、別にお前が嫌いになったとかじゃないからな？」

「知ってるよ〜？　お兄ちゃんはあたしのこと、だ〜い好きだもんね〜？」

「……まあな」

「へへ、お兄ちゃんがデレた」

「うっせ」

くつくつと笑みをこぼしながら、くすぐったそうに体を揺らす有希。そして、笑いが収まったところでプルプルと頭を振ると、パッと立ち上がった。

「ん、もう大丈夫」

「そうか？」

「うん、ありがと」

そして、政近からドライヤーとブラシを受け取り、ベッドを下りると扉に向かう。

「んじゃま、これからはライバル同士ってことで……ああ、そうそう」

「ん？」

「あたし、多少の浮気は気にしない都合のいい女だから。アーリャさんに飽きたらいつでも乗り換えてくれていいよ？」

「いや、浮気って言うなし。しねーよそんなこと」

「フッ、最終的にはあたしのところに戻って来るくせに」

「イイ女かお前は」

「にっひっひ。んじゃね、ばいにゃ～」

兄のツッコミにケラケラ笑いながら、手をにぱにぱして有希は部屋を出て行く。そして……扉を閉めたところで、兄には聞こえないように呟（つぶや）いた。

「そっか……やる気を起こせる人が、見付かったんだ」

振り返り、扉の向こうにいる兄に小さく語り掛ける。

「よかったね、お兄ちゃん」

その目は優しく慈愛に満ちており、その声には限りない愛情が込められていた。

しばしそのまま扉の向こうの兄に優しい眼差しを向け、有希はくるりと踵を返すと、自分の部屋へと向かう。

「あ〜あ、あたしじゃダメだったかぁ〜」

自嘲気味に呟きながら自室の扉を開けると、閉めると同時に扉に背を預ける。

扉にもたれかかりながら俯く有希。少しの間そうしていたが、やがてパッと顔を上げる。

「まあ、でも……」

その時には、もうその顔には慈愛も自嘲も一切残っておらず、怖いくらいの真剣さだけが宿っていた。

「負けないけどね」

そう断言する有希の表情は、息を呑むほどの気迫に満ちていて……ハッとしてしまうくらい、本気を出した時の政近とそっくりだった。

◇

翌朝、目覚まし時計のアラームが鳴る音で目を覚ました政近は、ベッドの上をもぞもぞと移動すると目覚ましを止めた。

「ん……」

のろのろと上体を起こすと、カーテンを引き開けて眩しい朝日に目を細める。

「んぅ……」

そして、そこでふと、いつもなら騒がしく起こしに来るはずの妹が姿を現さないことに気付いた。

「……」

思い返してみれば、昨夜から有希の様子は少しおかしかった。

昨日は有希のお気に入りの深夜アニメの放送日だ。いつもなら二人でアニメを観た後、感想を熱く語り合うのが恒例だった。しかし、昨夜の有希はアニメ本編を観終わると、感想もそこそこにさっさと寝てしまったのだ。

「ふぅ……」

やはり、兄の裏切りが少なからずショックだったのだろうか。口では気にしていないという風に言っていたが、内心では傷付いていたのかもしれない。

そんな考えが頭に浮かび、政近は苦々しい表情でぐしゃぐしゃと髪を掻き回した。

こうしている間も、有希が姿を現す気配はない。それどころか、部屋の外からは物音ひとつしない。兄と顔を合わせるのが気まずくて先に家を出たのか、あるいは……考えにくいことではあるが、昨夜なかなか寝付けずにいて、まだ寝ているのか……。

「ハァ……」

脳裏にベッドの中で泣き腫らす有希の姿が浮かび、あの妹はそんなタマじゃないだろうと苦笑しつつも、胸にずきりとした痛みが走る。

なんとかしてフォローしないといけないなぁと思いながら、政近はベッドから下りた。

その瞬間。

「うヒャおえっ⁉」

突如、ガッと足首を掴まれて、政近はもんどりうつようにしてつんのめった。

ドタバタと部屋の中を駆け抜け、壁に手をつくと、バックンバックンと脈打つ胸を押さえながら振り返る。すると、そこにはベッドの下から片腕を突き出してニヤーっと笑みを浮かべている有希の姿があった。

「フハハハ！　シリアスパートで終わると思ったか⁉　残念だったな！　あたしはやると言ったらやる女なのだよ‼」

「てンめっ、この……っ！」

有希の勝ち誇った笑い声に、政近は先日有希が言った「今度はベッドの下に潜り込んでおいて、ベッドから下りた瞬間に足を掴んであげるね？」という言葉を思い出した。

同時に、昨晩早く寝たのはこの仕込みのためだったのだと察し、怒りと羞恥で顔を真っ赤にする。

なまじ、直前まで「傷付けてしまったか……」なんて思っていた分、その反動がデカかった。やっぱり思った通りだ。この妹は、あの程度のことでへこむようなタマではなかったのだ！

「フハハハ！　ハァーハッハッハ…………ハァ……」

そこで、有希の勝ち誇った笑い声が急にトーンダウンし、ベッド下から突き出していた右手がパタリと床に落ちた。

その手をくいくいと力なく動かしながら、有希はどこか卑屈っぽい笑みを浮かべる。

「引っ張って」

「あ？」

「出れなくなっちゃったんだよ言わせんなよ恥ずかしい」

どうやら、ベッド下に置かれた衣類やら古い教科書やらを入れた段ボールと、ベッドの間。その狭い隙間に体をねじ込んだはいいものの、ピッタリはまり過ぎて出られなくなったらしい。突き出した右手をフリフリしながら、「へへっ、参っちゃったねこりゃ」とでも言いたげな笑みを浮かべる有希。

　それに対して、政近はニコッと実にイイ笑顔を向けると……おもむろにベッドの上の毛布を引っ摑み、有希の顔面目掛けて押し込んだ。

「むがぁ――！　なにをする――!!」

「コンのっ！　埋めてやる！　埋めてやる！　このっこのっ！」

「うぎゃあぁぁ！　男臭い！　妊娠する！」

「するか！　お前はばあやに雑な性教育を仕込まれた箱入り娘か！」

「紛れもなく箱入り娘ですが何か!?」

「そうか、ならばしまってやろう。ベッド下の奥深くにな！」

「むぎゃあぁぁ！　やめろぉぉ――!!」

　そこには、気まずさやわだかまりなど欠片(かけら)もなく。

　兄妹の攻防(いちゃつき)は、有希の迎えの車が来るまで続けられるのだった。

Иногда Аля внезапно кокетничает по-русски

第2話　ボールは敵。異論は認めん

「おはよ〜」

「おっす」

「昨日のドラマがさ〜」

「あぁ〜あれよかったよね」

　クラスメートたちの賑(にぎ)やかな声が飛び交う教室で、アリサはいつも通りに教科書を広げ、授業の予習に取り組んでいた。

　しかし、その視線は先程から同じところを何度も往復しており、注意深く見れば集中できていないことは明白だった。

　勤勉な優等生であるアリサが、集中できていない理由はただひとつ。それもまた、よく見ていればすぐに分かった。

　ガララッ！

「っ！」

教室の扉が開くたびに、パッとそちらに向けられる視線。そしてその視線は、必ず一度隣の席を経由してから、自分の手元に戻される。つまり、そういうこと。

(何を気にしてるのよ……どうせ、いつも通り眠たそうな顔で来るだけよ。私が気にすることなんて、何もないわ)

落ち着きなく肩に掛かる髪をいじりながら、アリサは自分自身に言い聞かせる。この流れを、アリサは登校してきてからずっと繰り返していた。

自分でもしっかりとその自覚があるアリサは、一度ふーっと長く息を吐き出すと、気持ちを切り替えた。

(いつも通りにしてればいいのよ……そう、いつも通りに)

アリサがもう気にしないと心に決め、改めて教科書に向き直ったところで……また、教室の扉が開く音がした。

しかし、アリサはもうそちらを見ない。今のアリサは、目の前の教科書に集中し切っているからだ。一度完全に意識を切り替えてしまえば、アリサが雑念に心乱されることはまずない。

「あ、政近(まさちか)。うぃっす」

「おう、おはよ」

「っ⁉」

と、いうわけでもなかった。一瞬で乱されまくっていた。

ビクッと分かりやすく体を跳ねさせ、しかし何事もなかったかのように教科書をめくる。

……そのページは、今日の授業範囲ではないのだが。

「おはよう、アーリャ」

「あら、おはよう。久世君」

そして、政近の方から話し掛けられて、そこでようやく気付いたという風に顔を上げた。平静を装い、「昨日のこと？　あら、何かあった？」と言わんばかりの澄ました表情を取り繕う。

そうして見上げた政近の顔は……

「それ、予習か？」

「え、ええ……」

……なにやら、どこか透き通った笑みを浮かべていた。

（え？　え？　なにその顔？）

今まで見たことがないどこか儚げな雰囲気をまとう政近に、アリサは当惑する。

「？　どうかしたか？」

「え……別に」

「そうか？」

反射的に誤魔化すと、政近はそれ以上追及することはなく前の席の光瑠と話し始めてしまった。

その様子を、アリサは予習する振りをしながら、横目でチラチラと盗み見る。

(久世君……なんだか、元気がない?)

光瑠と話す政近の姿に、アリサはそんな印象を受けた。

話している内容はいつも通りの他愛もないものなのに、その雰囲気はやはりどこか儚げで。どうしても気になってしまうというかなんかちょっとかっこいい気もしてしま——

(って、何を考えてるのよ!)

不意に昨日の帰り道のワンシーンが脳裏にフラッシュバックし、アリサは慌ててそれを打ち消した。

(別に……っ、そう。どうせまた寝不足なだけよ)

寝不足で、少し元気がないだけだ。そう自分を納得させたのだが、いざ授業が始まると……

(寝ない……)

政近は、居眠りどころかあくびすらせずに、いつになく真面目に授業を受けていた。特に忘れ物もなく、休み時間に大慌てで課題を終わらせることもない。

そんな政近に、アリサの方がすっかりペースを崩されてしまっていた。

てっきりいつものように、一夜明けたらまたやる気のない政近になっていると思ったのに。そんな真面目な態度を見せられてしまっては、どうしたって昨日の一件を思い出してしまう。

『これ以上お前を一人にはしない。これからは、俺が隣でお前を支える』

政近の発した言葉が、その時見せた表情が、脳裏に蘇って、アリサの頬がカッと熱を持った。

（もしかして本気で……私のために、普段から態度を改めようと……？）

ふとそんな考えが浮かび、湧き上がってきた気恥ずかしさに頭を左右に振る。

「九条さん？　どうしたの？」

「え？　ああ、ごめんなさい。なんでもないの」

時は四限目の体育。

バレーボールの試合中に突然頭を振ったアリサに、クラスメートが怪訝な表情を向ける。その視線を振り切るように、アリサは弧を描いて飛んできたボールを、鋭いアタックで相手陣地に叩き返した。

運動神経抜群で身長も高いアリサにとって、バレーボールの試合は独壇場だった。相手チームにはバレーボール部の部員もいるが、全く引けを取っていない。むしろ押している。

しかし、攻守に亘って凄まじい活躍を見せておきながら、アリサは半分心ここにあらずだった。ふと気付けば、体育館の反対側で試合をしている政近の方に視線を向けてしまう。

(久世君……大丈夫かしら)

朝から元気のない様子だった政近を心配するアリサ。

体育の授業は男女別であり、今は体育館の中央に天井吊りのネットが引かれ、それぞれに分かれて試合が行われている。いくらアリサの視力が裸眼で1・5あろうと、この距離で目の細かいネット越しでは、どれが誰なのか判別は付かない。

はずなのだが、なぜかアリサは政近だけはしっかり見分けることが出来た。……なぜかと言うか理由は明らかな気がするが、少なくともアリサにその自覚はない。

「あっ……」

その時、まさかの味方が打ったサーブが、政近の後頭部を直撃した。

政近がよろめいて倒れ、サーブを打った男子が慌てて駆け寄る。

「九条さん!」

「っ!」

その時、背後からの呼び掛けに意識を引き戻せば、ちょうど味方のトスが上がってきたところだった。

半ば無意識に落下地点に潜り込み、ボールを相手陣地に叩き込もうとして……同時に相手チームのバレーボール部員がブロックしようと跳び上がっているのに気付き、アリサは予定を変更。落ちてきたボールをひょいっと軽く押し上げた。

小さく弧を描いたボールは、相手のブロックの上を軽く飛び越えて相手陣地に落下する。同時に周囲から歓声が上がり、審判をしていた先生のホイッスルが鳴った。

「ゲームセット！　Bチームの勝ち！」

歓声を上げて近寄ってくる味方に軽く応えながら、アリサは次の試合のために場所を空ける。そうして壁際に移動したところで、アリサは政近が姿を消していることに気付いた。どうやら、体育館の外に出たらしい。

「準備はいいか？　よし、試合開始！」

先生のホイッスルに合わせて次の試合が始まり、周囲の視線がそちらに集まる。

「……」

その中で、アリサはしばらく迷ってから……こっそりと、体育館を抜け出した。

◇

「だ〜から『ボールは友達』なんてのは幻想だっつーんだよ」

体育館の外の階段に座り、政近は後頭部をさすりながらぼやいた。

これでも運動神経は相当いい政近だが、こと球技に関しては昔っから大の苦手だった。

とにかくボールとの相性が悪い。友達どころか、親の仇（かたき）レベルで恨まれている気がする。

野球をすればもれなくデッドボール。

バスケットボールをすれば必ず突き指をさせに来るし、小学校時代にドッジボールをやった時には、追尾機能（ホーミング）でも付いてんのかと思うような変化球で五連続顔面セーフになり、保健室送り（ドクターストップ）になるという伝説まで作った。

あまりにもボールが吸い寄せられるもんだから、サッカーではキーパーとして大活躍だったが。相手チームのシュートの度に痛い思いをする政近にとっては、全く嬉（うれ）しくない。

「はぁ～あ」

がっくりと項垂（うなだ）れ、深々と溜息（ためいき）を吐く。同時に、政近のお腹がきゅるきゅるっと切ない音を立てた。

「腹減った……」

そう、実は政近が朝から元気がないのは、主にそれが原因だった。

アリサは何があったのかと心配しているが、なんてことはない。朝から有希（ゆき）とのやりとりで気力と体力をごっそり持って行かれた挙句、朝食を食べ損なってお腹が空（す）いているだけなのだ。

ついでに言えば、授業中に寝てないのは昨日アニメの感想会をやらずに早く寝たからだし、忘れ物がないのは有希を迎えに来た従者（なぜか政近のクラスの時間割を把握していた）が、きちんと用意をしてくれたからだった。

つまるところ、全部アリサの考え過ぎなのだが……そんな事情は、アリサの知るところではない。

「久世君、大丈夫？」

「んあ？」

突然掛けられた気遣わしげな声に、政近はパッと顔を上げた。そして、そこに心配そうに自分を見下ろすアリサの姿を認め、慌てて居住まいを正す。

「あ、アーリャ？　どうしたんだよ、こんなところに来て……」

「あなたが、怪我をしたんじゃないかと思って……」

「ああ、マジか見られてたのか……いや、別に怪我とかはしてないけどさ……」

なかなかにかっこ悪い場面だった自覚のある政近は、バツの悪い思いで首を縮める。そんな政近の隣に腰を下ろしながら、アリサはなおも心配そうな表情で政近を気遣う。

「本当に大丈夫？　保健室に行く？」

「いや、大丈夫だって。体育館が暑いから出て来ただけで。少し休んだら戻るさ」

「……そう。ちょっと」

「え、お……？」

不意に顔に向かって手を伸ばされ、反射的に身を引く政近。次の瞬間前髪を掻(か)き上げられ、額にヒヤッとした手が押し付けられた。

熱を持った体に、ひんやりとした感触が心地いい。思わず目を細める政近の前で、自分の額にも手を当てて体温差を測っていたアリサは、数秒してから眉根(まゆね)を寄せて手を離した。

「これ、あまりよく分からないわね」

「そ、そうか……？」

肩を竦(すく)め、脚を抱え込んで体育座りをするアリサ。そんなアリサの気遣いに対して、政近は……

（Eカップ……マジで？）

滅茶苦茶(めちゃくちゃ)最低なことを考えていた。そしてガン見していた。アリサの白く長い脚に押し潰(つぶ)されている双丘を。

思い出されるのは、昨夜の有希の言葉。前から同級生女子の中でもかなり大きいとは思っていたが、妹によってもたらされたカップ数という生々しい情報は、思春期男子にとって刺激的過ぎた。

（いや待て……カッコ推定ってことは、もしかしてそれ以上って可能性もあるのか⁉）

いつになく思春期全開の思考を巡らせる政近。一説によると食欲と性欲は連動しているらしいので、もしかしたらそれの影響かもしれない。

そんな政近の下心満々の思考に気付いた様子もなく、アリサは掻き上げた前髪を直す流れで、おもむろに首の後ろでまとめていた髪を解くと、口にヘアゴムを咥えて髪を結び直し始めた。

途端、政近の眼前にさらけ出される無防備なうなじと、体操服の袖から覗く真っ白な脇。

（な、なにぃぃぃ――――!?　脇チラだと!?　貴様、狙っているのか！　狙っているのか!?）

んなわけない。そもそも、アリサは恐らく〝脇チラ〟という概念を知らない。それは政近も分かっている。

しかし、分かっているからこそ。本人が全くの無意識でやっていることだからこそ……その破壊力は尋常ではなかった。

思わずゴクリと生唾を呑み込む政近。アリサの髪を結び直す動作に合わせ、ユラユラと揺れる袖口。チラチラと見える、脇と胸の境界線。

（有希……こういうことだぞっ!!）

やはり、チラリズムこそが正義だと確信する政近。と、アリサがヘアゴムを留め終わり、腕を下げてフルフルと頭を振った。

「……なに？」

「あ、いや……」

そこでようやく政近の視線に気付き、少し身を引くアリサ。とっさに言葉が出てこず、視線を彷徨(さまよ)わせる政近。

そんな政近に少し怪訝な表情を浮かべていたアリサだったが、それ以上特に突っ込むことはなく、ふと何かに思い至った表情で立ち上がった。

「とりあえず、水を飲んだ方がいいわ」

「え、あ、おう……」

内心「いや、別に熱中症や脱水症状の予兆はないんだけどな？」と思いつつも、いつになく優しいアリサに、政近は後ろめたい気持ちを抱えながら大人しく付いていく。

体育館の周りをぐるりと移動し、校庭と体育館の中間辺りに設置されている手洗い場に向かうと、蛇口をグイっと上に向けて水を出した。弧を描いて吹き出す水を口で受け、その冷たさに急激に喉の渇きを覚えた政近は、思わずごくごくと水をがぶ飲みした。どうやら、思った以上に体から水分が失われていたらしい。

（こりゃ、案外アーリャの判断は正しかったかもな）

内心そう思いながら水を止め、口元を腕で拭(ぬぐ)いつつ何気なく隣を見て……

（Ｏｈ……）

隣で同じように水を飲むアリサの姿に、思わず絶句した。

政近のようにむさぼるような飲み方ではなく、細く出した水をついばむように口で受けているアリサ。その伏し目がちになった青い瞳を縁取るまつげの長いこと。その絹糸のような銀の髪を、指先でスッと耳に掛ける仕草の色っぽいこと。

加えてうっすらと汗ばんだ白い肌やら上体を屈めた拍子にユサっと存在感を主張した胸部やらが、政近の中の男の子な部分をこれでもかと刺激し、政近は空腹や暑さとは別の意味でくらくらしそうになった。

「ふぅ……」

喉を潤し、水を止めて身を起こしたアリサ。そこで、隣から聞こえる水音に何気なくそちらを見ると……

「……」

「え、ちょ、久世君⁉」

そこには、蛇口を全開にして頭から水をかぶる政近の姿があった。

数秒後、蛇口の下からのっそりと頭を抜くと、後頭部から髪を掻き上げてビシャっと水を切る。

「な、なにしてるの？」

「いやぁ……（物理的に）頭を冷やそうかと」

毛先やあご先からぽたぽた水を垂らしつつ、なにやらげんなりした表情でそう言う政近。

その異様な雰囲気には、アリサも「そ、そう……」と頷くしかない。

「あらあら、久世くんどうしたの～？　水も滴るいい男？」

その時、不意に聞き覚えのある声が聞こえ、政近は驚いてそちらを見て……そのまま天を仰いだ。

「どうも、マーシャさん。ちょっと頭を冷やしていただけなのでご心配なく」

そこにいたのは、校庭で体育をしていたらしい体操服姿のマリヤだった。首に掛けた白いタオルで顔を拭きながら、顔ごと視線を逸らした政近に小首を傾げる。

「どうしたの？　空に何かある？」

「雲がありますね」

「そうね」

「何を当然のことを言ってるのよ……」

アリサが呆れた声を出すが、そう言われても視線を下ろすことは出来ない。なぜならお姉さんのお姉さんがとってもお姉さんだったからだ。

（体操服って……いいものだったんだなぁ）

体育の授業が男女別である理由がよく分かった。そりゃこんなのが近くにあったら、健全な男子高校生は授業どころじゃないだろう。

遠い目で空を眺めながら、そんなことをぼんやり考える政近。

「そんなに濡れちゃって……拭くものはあるの？」

「いやぁ、ないっすねぇ。まあ、自然乾燥でなんとか……」

脳死状態でテキトーにマリヤの質問に答える政近。そんな感じでぼーっとしていたせいで……反応が遅れた。

「は～い、頭下げて～」

「え？　うわぶっ！」

気付けばマリヤが、吐息が感じられそうな距離まで接近してきていた。その声の近さに反射的に顔を下ろした直後、頭にタオルを載っけられてわしゃわしゃーっと掻き混ぜられる。

（な、なんだこれは！　こんなイベント、見たことないぞ!?）

美人の先輩に頭を拭かれるという予想を超えた展開に、政近は完全に混乱する。

しかし、思考が混乱していても、本能というものは正直なもので。政近の視線は、乱舞するタオルの隙間から見えるマリヤの立派なお姉さんに釘付けだった。

「はい、終～わり」

「ぶっ、おぅ」

それを察したのかどうか、マリヤは仕上げに丸めたタオルでバフバフと政近の顔を拭くと、満足げに頷いた。

「どう？　さっぱりした？」

「ええまあ……あと、なんか犬の気分を味わえました」

「あらぁ～秋田犬？」

「いや、犬種は知らないですけど……すみません、しつけのなってない駄犬で」

「？　やんちゃなわんちゃんはそれはそれで可愛いわよ？」

「ハハハ……」

微妙にずれた天然発言をする先輩に、政近はますます罪悪感を募らせる。こんな聖母な先輩に邪な視線を向けてしまったことが、ものすごく申し訳なかった。

と、そこで政近の腕が背後にグイっと引かれ、同時に少し険のある声が上がった。

「ほら、戻るわよ久世君。マーシャも、そろそろ授業に戻った方がいいんじゃない？」

「ええ～お姉ちゃん今来たばっかりよ？」

「っ……まあいいわ。私達はもう戻るから」

「は～い。また放課後ね～？」

「あ、はい。また。タオルありがとうございました」

ニコニコと手を振るマリヤに会釈しつつ、アリサに腕を引かれるまま体育館の方へと戻る。

（あぁ～これはあれだ。〝不潔〟とか〝いやらしい〟とか言われるやつだ）

腕を引かれるままアリサの後を付いて行きながら、政近は侮蔑の視線で見られることを覚悟した。実際マリヤのことをいやらしい目で見てしまった自覚はあるので、特に反論も出来ない。

その予想を肯定するように、アリサは体育館の近くまで来たところでピタリと立ち止まると、政近の方を振り返った。

「それで……もう大丈夫なの？」

「え？」

「頭、ボールぶつけられたところ。ちゃんと冷やさなくて大丈夫？」

「…………ああ！」

そこで政近は気付いた。アリサに、ボールぶつけられたところを冷やすために水をかぶったと思われていると。

（嘘だろ？　絶妙に勘違いされとる!!）

ちょっと険のある視線をしながらも心配してくるアリサに、政近はいろんな意味で申し訳ない気持ちになった。その真っ直ぐな視線を直視できず、目を泳がせながら答える。

「ああ～いや、大丈夫。別にこぶになってるわけじゃないし」

「……ホントに？」

「いや、マジで大丈夫だから！」

歯切れの悪い返答をどう捉えたのか、実際に触って確かめようとしてくるアリサから、政近は全力で距離を取る。

（なんだ？　なんでそんなに優しいんだ!!　デレ期か？　デレ期なのか!?）

いつになく優しいアリサの行動に内心そうツッコむと同時に、昨日の告白（?）やチークキス（?）が脳裏に浮かんでしまい、慌てて打ち消す。

（いや、これは、でも……もう、直接確かめた方がいいのか？）

じりじりとアリサから距離を取りながら、政近は賭けに出た。

「あぁ～アーリャさん？　なんか、今日は妙に優しくありませんかね？」

政近の問い掛けに、アリサはピクリと眉を動かすと動きを止める。

（どうだ!?　これで、アーリャなら「別に、ちょっと心配しただけでしょ」とか言って元に戻るはず!!　間違っても「だって、私はあなたのことが～～」とかは言わない！　はず！）

ゴクリと唾を呑む政近の前で、果たしてアリサはむっと眉根を寄せて視線を逸らすと、毛先を指でいじりながら言った。

「だって、朝からなんだか元気がないみたいだから……どうしたのかなって、少し心配しただけよ」

「ん？　ああ、あ〜あ〜……」

その瞬間、政近は全ての事態を把握した。同時に、自分が次に取るべき行動も。

「そっか……気付かれちゃってたか……」

「なにか、あったの？」

「ああ、実はな……」

心配そうに眉を下げるアリサに、政近は額に手を当てて無駄に深刻そうな顔を作ると、重大な告白をするかのようなトーンで言った。

「お腹が空いて……力が出ないんだ」

「……はい？」

「お腹が空いて……力が、出ないんだ……っ！」

直後、一気に大量の水を流し込まれた政近のお腹が、ぎゅるるるるーっとそれは見事な音を立てた。

その音に、それまでポカンとしていたアリサの表情がひくつき、キリキリと眉が吊り上がる。昨夜からこれまでのあれこれが脳裏を駆け巡り、怒りと羞恥で頬が赤く染まる。

「そう……ずいぶん真面目に授業を受けてると思ったら……空腹で寝るどころじゃなかったのね……？」

一瞬でも「もしかして私のために真面目に!?」とか考えてしまった自分を恥じ、地を這うような声で問い掛けるアリサに、政近は実に腹の立つキョトンとした表情で小首を傾げる。

「いや、それは普通によく寝たからだな」

「……ふぅん、へぇ」

なるほど、よく寝たと。

こっちは昨日の帰り道でのあれこれが頭から離れなくって、なかなか寝付けなかったっていうのに。この不真面目お気楽男は、そんなこと一切気にせず高いびきを立てていたと。なるほどなるほど……

青筋を立て、全身をブルブルと震わせるアリサに、政近はフッと笑みを浮かべると諭すように言った。

「まあ聞けアーリャよ。主は仰せられている」

「なに？　まさか、『隣人を愛せ』とでも言うつもり？」

「いや？　主は仰せられている……『右の頰を打たれたら、左の頰を差し出しなさい』と」

透き通った笑みを浮かべながらそう言うと、無言で左の頰を差し出す政近。すかさずアリサが、右手を振りかぶる。

「いい度胸、ね!!」

「ありがとうございますっ！」

差し出された左頬に、容赦なくビンタを見舞うアリサ。なぜかお礼を言いながら吹き飛ぶ政近。

「はぁっ、もう！　さっさと授業に戻ったら⁉」

そうして荒々しく息を吐くと、アリサは倒れた政近を放置して踵を返した。

（最低！　最っ低‼　やっぱり、あんなふざけた人のこと好きなわけないわっ！）

やはり昨日のはただの気の迷いだったと確信を強め、体育館に戻るアリサ。その背中を見送りながら、のっそりと立ち上がった政近は、

（よかった。いつものアーリャだ）

そうこっそりと、胸を撫で下ろすのだった。

◇

「アーリャさん？　一緒に生徒会室行きません、か？」

放課後、遠慮がちに声を掛けた政近に、アリサはじろりとした目を向けてから頷いた。

未だに四限目のことを引きずってるらしいアリサは、無言のまま鞄を持って立ち上がると、そのままスタスタと教室を出て行ってしまう。

その後をさながら従者のように付いて歩きながら、政近は内心「少しやり過ぎたかな

ぁ」と考えていた。と、生徒会室が見えてきたところで、ちょうど室内から複数人の男子生徒が出て来た。

「「失礼します!!」」

そして、どこか震えた声で一斉に室内に向かって頭を下げると、そそくさとこちらに歩いてくる。

「あれ……？」

見ると、それは昨日激しくもめていた野球部とサッカー部の幹部勢だった。気付いたアリサが足を止め、政近がその隣に並ぶが、彼らが一様にどこか怯えた表情を浮かべていることに気付き、二人揃って首を傾げる。

同時に向こうもこちらに気付いた様子で、ハッとした表情を浮かべると、一斉に駆け寄ってきた。とっさにアリサを庇うように前に出た政近だったが、次の瞬間起こったのは全く予想外の事態だった。

「「すみませんでしたぁぁ――――!!」」

なんと、彼らは二人の前まで来ると、一斉にアリサに向かって頭を下げたのだ。腰をビシッと九十度に曲げた、それは見事な謝罪。流石は体育会系だと感心したくなるが、この勢いで来られると普通に怖い。

「あの〜先輩？　どういうことですか？」

とりあえず顔見知りの野球部の部長に政近が問い掛けると、彼はゆっくりと顔を上げて言った。

「その……すまなかった、九条さん。昨日は俺達もヒートアップし過ぎて、いろいろと酷いことを言ってしまったと思う。もう少し冷静に話し合うべきだったと反省している。本当にすまなかった！」

「俺達も、もっと君の話に耳を傾けるべきだったよ。ごめんな」

続いてサッカー部の部長もそう謝罪し、再び一斉に頭を下げる。その気迫に微妙にのけ反りながら、アリサはおずおずと頷いた。

「もう、いいですから。頭を上げてください」

「「おっす！　失礼します!!」」

すると、これまた気持ちのいいあいさつをして、彼らはザザッと軍隊のような動きで去っていった。

「なんだったんだ……？」

政近が呆然とその背中を見送っていると、アリサがまだ微妙に不機嫌そうながらも、小さな声で言った。

「その……ありがと。庇おうとしてくれて」

「ん？　ああ……気にすんな」

軽く流して肩を竦めながらも、政近はアリサの雰囲気が少し和らいだことに安堵した。

【……かっこよかった】

ここで不意打ちぃ！　気を抜いた瞬間だったから威力は二倍！

（あ、うん……い、いつも通り、だね……）

内心口の端からタラーっと血を流しつつ、自分の表情を見られないようさっさと生徒会室に向かう。

「失礼します」

そして、生徒会室の扉を開け――

「あ？」

そこに凄まじい殺気を放つスケ番を発見し、固まった。ショートカットの黒髪に、キリッとした凛々しくも端整な容貌。スラリと背の高い、スレンダーなモデル体型。パッと見プロのモデルかと思うような美少女なのに、その姿は完全にスケ番……としか言いようがない。

ギロリと政近に向けられた目は、血に飢えた猛獣のようなギラギラとした輝きに満ち、その立ち姿には一部の隙もなく、周囲の空間が歪んで見えそうな鬼気を放っている。何よりも……その肩に、なぜか竹刀を担いでいた。

（やばい、殺られる）

……Круто
было❤

本能的にそう思った。そして、政近は瞬間的に、我が身を守る最善の行動を選択した。

強張(こわば)る頰に笑みを浮かべ、敵意がないことを示す。更に、相手を刺激しないよう穏やかな声で一言。

「すみません、間違えました」

そして、政近は扉をそっ閉じした。

Иногда Аля внезапно кокетничает по-русски

第3話

おかわり、いただけるだろうか……

「その……ごめんね？　聞きなれない男子の声だったから、また野球部とサッカー部の連中が戻ってきたのかなって……思っちゃって、ね？」

そう言ってバツが悪そうな笑みを浮かべるのは、我らがスケ番様……もとい、高等部生徒会副会長の更科茅咲だった。

先程までの殺気を収め、片目をつぶりながら顔の前に手を立てて謝る彼女に、その正面に座った政近も少し肩の力を抜く。

「はあ……えっと、彼らが何かしたんですか？」

「ん？　それは君の方がよく知ってるんじゃない？」

「え？」

政近が首を傾げると、茅咲は政近の隣に座るアリサに視線を向けて言った。

「あたしの可愛い後輩が仲裁に行ったたっていうのに、あいつらそれに耳を貸さずに見苦しい言い争いを続けてたらしいじゃん。そんなの、あたしら生徒会に喧嘩を売ったとしか思えないし？　だからまあ、軽くシメ……んんッ！　注意を、ね」

今、シメるって言い掛けたよな？

浮かんだ疑問を脇に置き、政近は茅咲の隣に立て掛けられている竹刀に視線を向けながら言った。

「……なるほど。いや、でも……竹刀を持ち出すのはやり過ぎでは？」

「え？　ああいや……アハハ」

すると、茅咲もそちらをチラリと見て気まずそうな顔をし、無理に明るい調子で言った。

「だ、大丈夫！　あたしの拳で人は死ぬけど、竹刀で人が死ぬことはないから！」

「……そっすか」

「うん。人が壊れる前に、竹刀の方が先に壊れるからね！」

「ハハハ……」

「はは……あぁ～、うん」

政近の乾いた笑いに、どうやら滑ったことを自覚したらしい茅咲は、引き攣った笑みで視線を彷徨わせる。

いやまあ、これを有希辺りに言われたなら、政近も「いや、どこが大丈夫やね～ん」とツッコむところなのだが……この状況で他ならぬ茅咲に言われては、流石に笑えない。というか、冗談になってない。

更科茅咲。高等部二年が誇る学年の二大美女の一人であり、一部の男子に恐れられている一方で、校内屈指のイケメン女子として女生徒には絶大な人気を誇る生徒だ。

通称は〝学園の征母（ドンナ）〟。元は女首領と書いてドンナと呼んでいたらしいが、去年〝学園の聖母（マドンナ）〟であるマリヤが入学してきた結果、この当て字が与えられたらしい。元中等部風紀委員長であり、生徒会副会長となった今では、主に各部活の部長と副部長で構成される部活会のまとめ役をやっている。

（一部の女子にお姉様って呼ばれる一方で、一部男子には姐（あね）さんって呼ばれてるらしいけど……なるほど）

先程の野球部とサッカー部の様子や殺気立った茅咲の姿を思い出し、「あれはたしかに姐さんだ」と納得する政近。

過去、クラスのいじめ問題を力尽くで解決したとか、学園祭に乱入してきた不良グループ十数名を一人で鎮圧したとか、修学旅行先の北海道で生徒に襲い掛かった興奮した牛を素手で止めたとか。

数々の逸話を持つ彼女だが、一番有名な武勇伝は、下校時に誘拐されかけていた征嶺学園（せいれいがくえん）の女生徒を、茅咲が救出したというエピソードだろう。

他の逸話はどこまで本当か怪しいが、これに関しては紛れもない事実だ。なぜなら警察から感謝状を贈られているから。

なんだったら当時新聞にも載っているから。

その辺りの話や先程の様子からすると、それこそ暴力を生業（なりわい）とする裏稼業の姐さん……といった人物なのかと思ったが、後輩二人から向けられる微妙な視線にそわそわしているところ見ると、案外そうでもないらしい。

「う、うぅ〜〜……統也（とうや）ぁ」

と、そこでこのなんとも言えない雰囲気に耐えかねたのか、茅咲が情けない声で恋人（統也）に助けを求めた。

恋人の救援要請に、生徒会室の奥。窓を背にした会長席に座る統也が、微苦笑を浮かべながら口を開く。

「まあそう硬くなるな、久世（くぜ）。茅咲は別に彼らに暴力を振るってはいない。ただ、暴力を背景に脅しただけだ」

「ちょっ、統也!?」

「冗談だよ」

ぎょっと目を見開く茅咲に、統也が悪戯（いたずら）っぽく笑う。からかわれたのだと気付いた茅咲は、むぅっと眉根（まゆね）を寄せて立ち上がると、足早に机を回り込み、統也の肩をバシバシと叩（たた）き始めた。

「もう！　もう！」

「はは、悪い悪い」

恋人同士の微笑ましい痴話喧嘩に、政近も失笑する。

「まったく、もう！」

「はは、茅咲？　肩外れる。肩外れるから」

微笑まし……い？　いや、ちょっとヤバい音がしてる。

バシバシというかドキュッドグゥっていってる。芯を捉えてる音がしてる。

そして、その度にガッチリとした統也の体がグワングワン揺れてる。それでも笑顔で恋人を諫める統也の姿に、政近は男を見た。

「ごめんなさ〜い。ちょっと遅れちゃったかしら？」

そこへ、マリヤが入ってきた。扉を開けたところで、正面の統也と茅咲を見てぱちぱちと瞬きをすると、ほんわりとした微苦笑を浮かべる。

「あらあら、茅咲ちゃん、会長。生徒会室でじゃれ合うのもほどほどにね？」

このなかなかにバイオレンスな光景を〝じゃれ合い〟で済ませるマリヤに、政近は天然を見た。

しかし、茅咲にはそれが効いたらしく、「べ、別にそんなんじゃないし！」と言いながら統也から体を離すと、ハッと我に返った様子で肩をさする統也に眉を下げた。

「ご、ごめんね？　痛かった？」

「ん？　ああ、大丈夫だ。肩が凝っていたからちょうどいいくらいだ」

若干痛そうに頬を引き攣らせながらも、笑ってぐるぐると肩を回してみせる統也。あまりの男前っぷりに、政近は危うく惚れそうになった。

「本当にごめんね……上手く力加減が出来なくて」

「（どこの戦闘民族だよ）」

「大丈夫だ。そのために鍛えてるからな。いくらでも来い」

「（恋人のために鍛えるの意味）」

「統也……」

「（え？　甘い空気になる要素あった？）」

小声でツッコむ政近の肘の辺りを、アリサがクッと引っ張った。振り返ると、微妙に口の端をひくつかせたアリサが、ジト目でふるふると首を横に振る。

その咎めるような視線に政近はフッと笑うと、肩越しに茅咲の方を視線で示しながら言った。

「（なあ、更科先輩って姐さんって呼ばれてるくらいだし、やっぱりさらし巻いてるのかな？）」

「（なんでそうなるのよ）」

「（いや、もし巻いてたら、さらしな更科先輩になるなって）」

「くふっ！　〰〰〰っ!!」

思わず軽く吹き出してしまい、直後羞恥に頬を赤くしながらベシッと政近の腕を叩く。

「あらあら、仲がいいわね〜」

「っ、どこがよ」

「ふっ、お姉さんには隠せないみたいだぜ？　俺達の仲の良さ☆」

「うざい」

へたっくそなウインクをしながら言った政近をアリサがピシャリと切り捨てたところで、生徒会室にノックの音が響き、今度は有希が入ってきた。

「失礼します。申し訳ありません。少し遅れました」

「ん、ああ。気にするな、周防」

そう言いながら統也も立ち上がると、会長専用の机から政近たちと同じ机に移動してきた。

扉側から見て奥の、いわゆるお誕生日席に統也。そこから右側にマリヤ、アリサ、政近。左側に茅咲、有希と並んで座る。そうして全員が腰を落ち着けたところで、統也が口火を切った。

「では、生徒会の会合を始める」

「「「「よろしくお願いします」」」」

「それじゃあ、久世。改めて自己紹介をしてもらえるか」

「はい」

統也に促され、立ち上がる政近。

「この度、庶務として生徒会に加わらせていただくことになりました。久世政近です。趣味はオタク趣味全般。流行りのアニメや漫画なら大体分かると思います。あと……」

そこで、隣に座るアリサに視線を向けて宣言する。

「来年には、こちらの九条アリサと共に会長選に立候補するつもりです。どうぞよろしくお願いします」

「おう、よろしくな」

「よろしく～」

「よろしくね～？」

それぞれに笑みを浮かべ、温かい拍手を送る先輩方。そして、同じく拍手を送りながら感情の読めないアルカイックスマイルを浮かべる有希と、そんな有希をじっと見つめるアリサ。

「それじゃあ、一応他のメンバーも軽く自己紹介しておくか。この際だしな」

統也はそう言ってぐるりと全員の顔を見回し、特に異論はないと判断すると、政近の方に向き直った。

「会長の剣崎統也だ。最近の趣味は筋トレだな。よろしく」

「副会長の更科茅咲。趣味は……剣道かな。よろしく」

「書記の九条マリヤよ。趣味は可愛いものを集めること、かしら。あ、漫画は少女漫画なら結構分かるわよ？　よろしくね」

「広報の周防有希です。趣味はピアノと華道です。改めてよろしくお願いしますね？　政近君」

「……会計の九条アリサ。趣味は読書。よろしく」

改めて全員の自己紹介を終え、政近も軽く頭を下げる。

(しっかし、こうして揃ってるところを見ると壮観だな)

思わず感嘆してしまいそうなほど凄い。何がって、女性陣の顔面偏差値が。征嶺学園の長い歴史の中でも、前例のないレベルではなかろうか。

しかも全員見事にタイプが違う。写真を撮ってテレビ局にでも送れば、〝美し過ぎる生徒会〟として取材が来そうだ。

「それじゃあ久世。今日のところは九条姉に付いて仕事をしてくれるか」

「はい」

「すまんな。まあ元中等部生徒会副会長であるお前ならすぐ慣れるとは思うが、しばらくは他のメンバーに付いて仕事を覚えていってくれ」

「もしかしなくても人手が足りていないですか？」

「ああ、正直全く足りていない。おかげで役職ごとに完全な分業は出来ていないのが実情だ」

「まあ、普通書記や会計は複数人で担当するものですしね……構いませんよ。庶務ってのは要するに便利屋ですもんね。中等部一年の時も庶務だったんで慣れてます」

「おお、それは心強いな」

上機嫌に笑う統也に、有希が声を掛ける。

「お話し中すみません会長、わたくしは例の展示会に関して、美術部との打ち合わせに行こうと思うのですが」

「ん？　おお、頼んだ」

「はい。つきましては……予算の話などもありますので、アーリャさんにもご一緒していただきたいのですが」

「え？」

突然話を振られ、瞳を瞬かせるアリサ。しかし、有希の表情から何かを感じ取ったのか、すぐに真面目な顔をすると頷いた。

「……分かったわ。会長、少し行ってきます」

そして、二人で生徒会室を出て行く。

(……こりゃ、なんかありそうだな)

二人の背中を見送る政近の胸に、一抹の不安がよぎる。しかし、それはすぐになんの不安もなさそうなふわっふわした声に吹き飛ばされた。

「は～い、それじゃあ久世くんはこっちね～いらっしゃ～い」

それまでアリサが座っていた席をぽんぽんと叩きながら、癒しオーラ全開の笑みを浮かべるマリヤ。その思わず気が抜けてしまいそうな呼び声に微苦笑を浮かべながら、政近は腰を上げるのだった。

放課後の廊下を、アリサは有希の後を付いて歩いていた。

有希に、打ち合わせに立ち会って欲しいという名目で連れ出されたアリサだが、それを額面通りに受け取るほどアリサは鈍くはなかった。

有希が自分を連れ出したのには他の理由がある。その理由も、アリサは薄々察していた。だが、有希の背中からは自分から話を始めようとする意志は感じられない。

(そうね……これは、私から話を切り出すべきよね)

一瞬瞑目して覚悟を決めると、アリサは前を行く有希に声を掛けた。

「有希さん、少し話せるかしら？」

やはりと言うべきか、振り返った有希の顔に驚きの色はない。静かな笑みを浮かべてアリサの言葉に頷（うなず）くと、特に何の疑問も口にすることもなく横を向き、視線で近くの空き教室を示した。

「いいですよ。ここではなんですから、そちらの空き教室をお借りしましょうか」

「ええ」

有希が先に空き教室に入り、後に続いたアリサが扉を閉める。夕陽の差し込む教室で、向かい合う二人。先に口火を切ったのは、やはりアリサだった。

「私、久世君と一緒に会長選に立候補することにしたわ」

まるで挑むような表情ではっきりと宣言するアリサ。それに、有希は変わらず笑みを浮かべたまま頷く。

「ええ、存じております。昨日、政近君の口から伺いましたから」

「……そう」

有希の言葉に一瞬眉（まゆ）を動かすも、言葉少なに頷くアリサ。それきり口を閉ざしたアリサに、有希が小首を傾げる。

「えっと、それだけでしょうか？」

「……ええ。別に後ろめたいことは何もしていないから、謝るつもりはないわ。ただ、自分の口ではっきりと言っておきたかっただけ」

「ふふ、そういうことですか」

アリサの、聞きようによっては喧嘩を売ってるようにも聞こえる言葉に、しかし有希はおかしそうに笑みをこぼす。

「ええ、何も謝る必要などございませんよ？　全ては政近君が自分で選んだことですから。そこにわたくしが文句を付けるつもりはありませんし、アーリャさんに不満をぶつけるつもりもありません」

そうはっきりと断言してから、少しお茶目っぽく「わたくしを選んでもらえなかったことは残念ですけどね？」と笑う有希。そのどこか達観した笑みに、アリサは気付けば尋ねてしまっていた。

「有希さんは……久世君のこと……」

「？」

「……いえ、なんでもないわ」

口にしてすぐ、踏み込み過ぎたと反省して前言を撤回する。だが……

「愛していますよ。この世の誰よりも」

「っ⁉」

真っ直ぐな表情で、一切の迷いなく返され、アリサは瞠目した。

「……だ、誰よりも？」

「ええ。お母様よりも、お父様よりも、この世の誰よりも。わたくしは、政近君のことを愛しています」

躊躇いも、恥じらいもなく、堂々と政近への愛を語る有希。そのあまりにも真摯な愛の告白に、アリサは知らず一歩足を引いてしまっていた。そんなアリサの動揺につけ込むように、すかさず有希が切り返す。

「アーリャさんは、どうですか？」

「え？」

「アーリャさんは、政近君のことをどう思っていらっしゃるのですか？」

「わ、私……」

反射的にただの友人だと答えようとして、しかし有希の真っ直ぐな瞳に視線を逸らす。有希のどこまでも真っ直ぐで正直な告白の後に、そんな当たり障りのない答えでいいのかという迷いが生じる。

「久世君は……友達よ。……す、すごく、大切な」

結果、アリサは目を逸らし頬を赤らめながらも、なんとかその言葉を絞り出した。直後、カッと背中が熱くなるのを感じてもじもじと体を揺するアリサだったが……その程度の言葉を引き出したくらいで、満足する有希ではなかった。

「好きなんですか？」

「うえ⁉」

ド直球な追撃に、奇声を上げて前を向くアリサ。その顔を真っ直ぐに見つめながら、ずんずんと距離を詰める有希。

思わず後ずさりするアリサだが、有希はお構いなしに距離を詰めてくる。

気付けば、教室の扉を背に完全に追い詰められてしまっていた。

小柄な有希と高身長なアリサでは身長差が二十センチあり、この距離になると完全に有希がアリサを見上げる形になる。だが、その構図に反して実際に気圧（けお）されているのはアリサの方だった。

「どうなんですか？　好きなんですか？」

「好き……とか、そういうのは……」

「わたくしは愛していると申し上げたのです！　アーリャさんもはっきりおっしゃってください！」

「う、うう……」

有希の容赦のない詰問に、およそ恋バナというものに不慣れなアリサの脳はオーバーヒートを起こした。

その結果、考えがまとまり切らないまま、有希への対抗心と負けん気に衝（つ）き動かされて口を開いてしまう。

「好き……とかは、分からない……けど！　久世君のことは、わ、渡さないから!!」

思わずといった感じのアリサの叫びに、有希はゆっくりと瞬きをすると、体を離した。

「……そうですか。ふふっ、とりあえず今日のところは、その言葉を聞けただけで良しとしましょうか」

そう言ってくすくすと笑うと、有希はいつも通りのおしとやかな笑みを浮かべてアリサを促した。

「それでは、美術部の方に向かいましょうか。あまりお待たせしてはいけませんし」

「え、ええ……」

その切り替えの早さに少し困惑しながらも、アリサは有希と共に教室を出た。美術部に向かって歩きながら、頭に浮かぶのはつい先程のこと。

（わ、私……さっき、なんて？　なんだか、とんでもないことを口走った気が……というか、愛？　え、愛??）

情報を処理し切れずに目をぐるぐるさせるアリサを横目に、有希は何気ない動きでアリサから顔を逸らすと、それはそれは実に悪い笑みを浮かべた。

（『すごく大切』に『渡さないから』、ね……ふ～ん？　お兄ちゃんもやるじゃ～ん♪）

その足取りは軽く、アリサとは対照的に踊り出しそうなほどに楽しげだった。

◇

「マーシャさん、この部分なんですけど」

「うん？　ああ、書き間違えてるわね」

「あ、やっぱりそうですか。こっちで修正しておきますね？」

「うん。おねが〜い」

一方その頃、マーシャに付いて生徒会業務に勤(いそ)しんでいた政近は、予想外の事態に直面して内心驚愕(きょうがく)していた。それというのも……

（いや、この人……滅茶苦茶(めちゃくちゃ)仕事デキるな⁉）

微妙に、いやかなり失礼な驚き方をする政近。

しかし実際、マリヤの仕事っぷりは政近の予想を遥(はる)かに上回るものだった。まとう雰囲気は相変わらず穏やかなのに、仕事の処理速度は恐ろしく速い。

てっきりマリヤは実務面ではなく、その人望を頼りにされて生徒会に勧誘されたものだと思っていた政近は、その予想外のデキる女っぷりにかなり面食らっていた。

（んで、一方のこっちは……）

こっそりと、前に座るもう一人の先輩に視線を移す政近。

「あれ……？　これさっきどこかで……あれ？　どこだっけ？」

「茅咲ちゃん。さっきしまったあっちの青いファイルじゃない？」

「え？　ああ、そっか。あれか」

マリヤに言われ、壁際の棚に並んでいるファイルの方へと向かう茅咲。しかし、「あれか」と言いながらどれだかよく分かっていないようで、並んでいるファイルを引っ張り出しては首を傾げている。

（思ったより仕事できないな！　言っちゃ失礼だけど！　失礼だけど！）

どうやら、茅咲はデスクワークが苦手らしい。というか、政近が見たところ、整理整頓が苦手なように思える。

「……、～～……？　～～～」

あと、まあ……シンプルに落ち着きがない。書類仕事を始めてわずか二十分ほどで、早くもそわそわし始めている。

（遊びたい盛りの小学生男子か……）

まだやるのかな？　もう飽きたんだけどな？　みたいな感じでチラッチラ辺りを見回す茅咲に、政近は気付かないふりをしつつも思わず生ぬるい目になってしまう。

ぱっと見仕事できなさそうな癒し担当っぽいゆるふわ女子と、ぱっと見バリバリ仕事をこなしそうなキャリアウーマンっぽいイケメン女子。

しかし、その仕事っぷりは外見から受ける印象とは真逆。

（人を見た目で判断しちゃいけないなぁ……）

そんなことをしみじみと実感していると、見かねたらしい統也が茅咲に声を掛けた。

「あぁ～……茅咲。そう言えば今日図書室の方で、大幅な本の入れ替えがあるらしくてな」

「！　なに？　人手が足りないの!?」

「ああ、図書委員は女性比率が高いからな。本の入れ替えは結構重労働だ。少し、様子を見てきてもらえるか？」

「まっかせて！」

統也に言われるや、水を得た魚のように嬉々とした表情を浮かべると、あっという間に生徒会室を飛び出していく茅咲。よっぽどデスクワークが苦痛だったらしい。あれはもうしばらく戻って来ないだろう。

「すまんな久世。まあ茅咲はいつもあんな感じだ。あれでも委員会や部活会との話し合いではこの上なく役に立つんだ。大目に見てくれ」

「いや、まあ……適材適所ってやつですよね。ハハ」

苦笑を浮かべながら茅咲のフォローをする統也に、政近も苦笑で返す。実際、とても頼りになるかっこいい先輩であることは確かなのだろう。

アリサのために怒ったということからも、そのことはよく分かる。が……ああも子供っぽい一面を見せられてしまうと、なんだか反応に困ってしまう。

「だが、そんなところも可愛いだろう？」

「いや、『へへっ可愛いんだよこれが』じゃないんですよ。自然に惚気んでください」

「おお、やるなぁ久世。今の生徒会にツッコミ役は貴重だ。これからもその調子でガンガンツッコんでくれ」

「むしろボケ役しかいない生徒会とは」

「いいぞ！　お前を勧誘したのはやはり間違いじゃなかった！」

「どこで実感しとんね〜ん」

唐突に始まるコント。そんな中でマリヤは「楽しそうね〜」といった感じの笑みを浮かべながら、すっかり慣れた様子で茅咲がほっぽり出して行った書類を手元に引き寄せると、何事もなかったかのように作業を続ける。

（超有能かよこの人……）

そんなマリヤに、政近はだいぶ見る目を変えるのだった。

◇

それから仕事を続けること約四十分。ようやく仕事がひと段落し、一旦休憩を入れようということになった。ちなみに、その間やはり茅咲は戻って来なかった。

「それじゃあ、紅茶を入れましょうか～」

「あ、なにか手伝いますよ」

「いいのいいの～座ってて？　わたし、紅茶入れるの好きだから」

そう言われてしまうと、邪魔するのもどうかと思ってしまう。しかも、ポットとカップを温めているところを見るに、割と本格的っぽい。素人が手を出せる雰囲気じゃない。

「久世くんは紅茶はミルク派？　それともお砂糖派？　あ、ジャムもあるわよ？」

「ジャム……って、もしかしてロシアンティーですか？」

「日本ではそう呼ばれてるわね。残念ながらレモンティーではないけど」

「……それじゃあせっかくなんで、ジャムで」

「は～い。あ、会長はプロテインでいい？」

「何もよくないが？」

「ブフッ」

突如サラッとぶち込まれたマリヤのボケ（？）に、思わず吹き出す政近。その後の統也の真顔のツッコミがまたおかしく、軽くツボに入ってしまう。

（マジか、この人こういう冗談も言うのかっ！　いや、もしかしたら天然……？　分からないけど、どっちにしてもヤバ過ぎぃ……プククッ）

椅子に座ったまま軽く悶絶する政近。

「おい、笑い過ぎだぞ久世」

「すみませっ……でも……ククッ」

統也に若干呆れられながら、うっすら涙が出るほど笑ったところで、ようやく笑いが治まった。

「あぁ～……ヤバかった。……って、あれ？　ロシアでは紅茶って、冬の飲み物じゃなかったですっけ？」

先輩の前で爆笑してしまった恥ずかしさを誤魔化すためにそう質問すると、マリヤは茶葉を入れたカップに勢いよくお湯を注ぎながら小首を傾げた。

「ん～？　家によるんじゃないかしら？　少なくともうちは、夏でも紅茶を飲んでたわよ？　まあ、お母さんが紅茶好きだったっていうのもあるけど……」

「あ、お母さんは日本人なんですもんね。そっか……」

子供の食生活に多大な影響を与える母親が日本人なら、子供がロシア生まれでも、日本と食文化が融合してしまうこともあるだろう。そう納得する政近に、マリヤは背を向けたまま何気ない調子で問い掛けた。

「久世くんは、ロシアのことに詳しいの？」

「いや、そういうわけでも……ただ、ロシアの映画を何本か観たことがあるくらいで」

「ふ〜んそうなの」

実際は、何本かどころじゃないが。ロシア好きの父方の祖父に付き合わされるまま、少なくとも二十本は観たが。結果としてあれが、ロシア語のリスニング能力向上に大いに役立ってしまった。おかげで高校生になった今も、誰かさんのデレがばっちり聞き取れるよ！　やったね！

「？　どうした久世。遠い目をして」

「いやぁ別に……」

世の中何が幸いして何が災いするか分からないなぁなんて考えてしまっていると、マリヤがスッと政近の前に紅茶とジャムが盛られた小皿を置いた。

「は〜い、お待ちどおさま」

「あ、ありがとうございます」

「会長もどうぞ」

「ああ、ありがとう」

どうやら統也は砂糖、マリヤはジャムらしい。

（ふむ、これはどうすべきなのか……）

ジャムが盛られた小皿を前に少し思案し、とりあえず紅茶をそのままで一口飲む。

「っ！　おいしい……」

「そう？　ありがとう」

普段飲んでいるパックの紅茶とは、香りからして全然違った。口から鼻へと抜ける鮮烈な香り。深い味わい。そして……どこか、懐かしい記憶が蘇る味でもあった。

（ああ、そう言えば……）

あの母親も紅茶が好きだった。少し苦みを増した紅茶に頬をゆがめつつ、チラリと横目でマリヤの方を窺う。

すると、マリヤはスプーンでジャムを口に運び、その後で紅茶を飲んでいた。

「？　どうしたの？」

「ああいや……ジャムって、紅茶に入れるわけじゃないんですね」

「それは人によるわよ？　ヂェ……おじいちゃんは、紅茶にジャムを入れてたわね～。でも、わたしはどちらかと言うとお茶請け？　みたいな感じで食べるかしら」

「へぇ～……」

羊羹と緑茶みたいなものかと納得し、政近もとりあえずマリヤの真似をしてジャムを一口食べてみた。

「甘っま……」

予想以上の甘さに口をひん曲げながら、急いで紅茶を口に含む。すると、ジャムの甘さが程よく中和され、また少し違った味わいになった。

「なるほど……」

紅茶の花のような香りにジャムの甘酸っぱさが加わり、一段と複雑な味わいになった。が……

（ん〜クッキーやケーキと違って口の中で完全に溶け合ってしまうせいで、なんだか別の飲み物になってしまった気もするな……）

これはこれでおいしいが、元よりこれだけ紅茶がおいしいなら、それだけで味わった方がいい気もしてきた。しかし、せっかく用意してもらった手前、残すのも忍びない。

（次回は俺も砂糖だけにしてもらおう）

そう密かに決意しつつ、政近はジャムと紅茶をちびちびと交互に口に運ぶ。

（にしても、改めて冷静に考えてみると……）

この先輩、すごい美人でスタイル抜群。

性格も優しく社交性もあって、男女問わず多くの人に慕われている。

おまけに成績上位者として廊下に張り出される、学年の上位三十位以内には毎回入っているらしいので、頭もいいのだろう。

運動はどうか分からないが、この性格なら多少運動オンチだったとしてもかえって魅力になる気がする。そして、仕事が出来てお茶を入れるのも上手い。

（あれ？　こいつぁもしかして非の打ち所がないってやつか？）

身近に完璧(かんぺき)超人として有名なアリサがおり、マリヤの普段の雰囲気が雰囲気なので全然そんな風に意識していなかったが、改めて考えてみると彼女も十分完璧超人だった。

一度そう認識してしまうと、政近はなんだか妙に落ち着かなくなってしまった。

穏やかな笑みをたたえながら、ゆっくりとティーカップを口元に運ぶマリヤの何気ない姿にも、魅力的な年上のお姉さんといった雰囲気が強く漂っているように感じられる。

(なるほど、こりゃたしかに聖母(マドンナ)だわ。全ての男を無条件でショタ化させてしまいそうだぜ……)

アホなことを考えてオタク方面に意識を持って行こうとするが、視線に気付いたマリヤに微笑みながら小首を傾げられ、強制的に意識を引き戻される。

ただ、「どうしたの?」といった感じで優しく微笑みかけられただけなのに、ひどく胸がざわつく。

不思議な感覚だった。落ち着くことに落ち着かない。

気を付けていないと、慣れ親しんだ家族を相手にするかのごとく、無防備に素の自分をさらけ出してしまいそうで気が抜けない。

気が抜けないと、思うのに……マリヤの優しげな微笑みを見ていると、警戒心や自制心といったものがあっさりと解きほぐされそうになる。彼女がまとう穏やかで心地のいい空気に、身を任せそうに……

「ただいま戻りました」

「……戻りました」

「あぁ〜アーリャちゃん有希ちゃんおかえり〜」

その時、打ち合わせに行っていた有希とアリサが帰って来て、途端にマリヤの表情がふにゃっと崩れた。

それまで漂わせていた、包容力あふれる優しいお姉さんといった雰囲気は一瞬で霧散し……そこにいたのは、ただの妹大好きなゆるふわお姉ちゃんだった。

（いや、なにその落差⁉）

あまりにも急激な気の抜けっぷりに、思わずずっこけそうになる政近。

そんな政近を気にした様子もなく、マリヤはふわふわとした笑みを浮かべると、食器や紅茶が入っている棚の方へと向かった。

「二人も紅茶飲む？」

「あ、いただきます」

「……飲む」

「は〜い、ちょっと待っててね〜？」

ふんふんと上機嫌に鼻歌を歌いながら、紅茶の準備をするマリヤ。その背中を微妙な目で眺めていると、隣に座ったアリサが椅子ごと体を寄せて来た。

振り返ると、なんだか妙に近い位置に座ったアリサが、「何か文句でも？」とでも言いたげな目でこちらを見てくる。

「……なに？」

「いや……なんか、近くない？」

問い掛けてきたアリサに率直に返すと、アリサは反対側の方をチラリと見ながら言った。

「……ロシアでは、若い女性が角の席に座るのは縁起が悪いのよ」

「え？　そうなの？」

「そうよ」

そう言うと、またしてもガガッと椅子を移動させ、政近と肘が触れ合いそうな距離に座る。そして、どこか牽制するような目で有希を見た。

（いや、にしたって近い！　そしてなにその目！　え、修羅場？　修羅場なの？）

どこか警戒した様子で有希を見つめるアリサ。そのアリサを、感情の読めないアルカイックスマイルで見返す有希。

二人の間に一瞬火花が散った気がして、政近は居心地の悪さから席を離そうとし……その動きを察知したアリサに、椅子の天板に伸ばした左腕の袖をクッと掴まれた。

机の下で、隣の女子から「行かないで」と言わんばかりに袖を掴まれる。ここだけ聞けば、非常に萌えるシチュエーションと言えるだろう。

　しかし、実際にその状況に晒された政近の心情はというと……

（いやだぁぁ――！　離せぇぇ――‼　この空気感、わしは耐えられないんじゃぁぁぁぁ――‼）

　さながら二股掛けていた相手女性が鉢合わせしてしまった、浮気男の気分だった。全力でその場から逃げようとしていた。

（なんでだ！　なんでこんなことになった⁉　助けてマーシャさ～ん！）

　たまらず背後を振り返ると、政近は紅茶を入れるマリヤに話し掛けた。

「……って、アーリャは言ってますけど、そういうジンクスみたいなのがあるんですか？」

「あるわよ～？　正確には、縁起が悪いんじゃなくて、婚期が遅れるって言われてるわね」

　そう言ってから、マリヤは何やら嬉しそうな顔で振り返ると、アリサの方をキラキラした目で見つめた。

「それにしても、アーリャちゃんがそんなこと気にするなんて……もしかして、結婚したい相手が見付かったのかしら⁉」

「……そんなわけないでしょ。ただの気分よ」

「ええ～？　ホントに～？」

「しつこい」

「んもう、アーリャちゃんったら」

ぷくっと頬を膨らませ、顔の向きを戻すマリヤ。そちらを一瞥してから、アリサは政近の袖を摑む自分の手に視線を落とし、本当に小さな声で呟いた。

【結婚は、まだ早いわ】

本当に小さな声。だが、この距離にいる政近にはしっかり聞き取れてしまった。

(そだね〜まだ十五歳だもんね〜？　な〜んか言い方気になるけど、常識的に考えて結婚はまだ早いかな〜？　って、お前姉がおってもやるんかい‼)

後ろにロシア語の分かる姉がいるこの状況でなお、攻めの姿勢（？）を崩さないアリサに、政近は戦慄する。

と、そこでマリヤがティーカップをお盆に載せる音が聞こえ、アリサがパッと手を離す。程なくして、マリヤがアリサと有希の分の紅茶を運んできた。

「は〜いアーリャちゃん。お先にこれをどうぞ」

そして、まずアリサの前に小皿を置く。……ほぼ一瓶丸々使われたんじゃないかと思うほど、こんもりとジャムが盛られた小皿を。

「……なによ」

「いや、別に……」

スイッと視線を逸らし、素知らぬ顔で残り少なくなったジャムを紅茶の中に入れる政近。スプーンでカチャカチャと搔き混ぜ、一息に飲み干す。

（……うん、やっぱり別の飲み物だな）

ジャムの配分が多かったらしく、口の中に甘さが残ってしまって口をひん曲げる。そこで、ふと有希が声を上げた。

「あの……更科先輩はどちらに行かれたのでしょうか？」

「え？　あ……そう言えばあの人いつ帰って来るんだ？」

時計を確認して首を傾げると、ティーカップを置いた統也が首を竦めながら言った。

「茅咲は図書委員の手伝いだ。まあ……お腹が空いたら戻って来るだろう」

「いや、子供か」

政近が思わずそうツッコんだ瞬間、生徒会室の扉がバンっという音を立てて開かれた。

「なんかいい匂いがする！」

「子供やないかい」

瞳をキラキラさせながら飛び込んできた茅咲に、政近は思わずツッコむのだった。

Иногда Аля внезапно кокетничает по-русски

第4話 クリームの味しかしなかったよ？　ホントだよ？

「よし、今日はこの辺にしておくか。一年は先に帰っていいぞ」

「え、いいんですか？」

「ああ、俺達二年はこれから少し先生と話があるからな。長引く可能性もあるから、遠慮せず先に帰れ。お疲れ！」

「では……お疲れ様です」

統也（とうや）の言葉に甘えて、政近（まさちか）とアリサは生徒会室を出る。有希（ゆき）は迎えの車が来るまで生徒会室で待つそうなので、帰りは二人きりだった。

（さて……どうするか）

アリサと並んで帰りながら、政近はどう切り出すか思案していた。別に特別な話ではない。ただ、これから来年の会長選に向かってどう動いていくか、今のうちに話し合っておこうと思ったのだ。

しかし、いかんせん午前中にあんなことがあったせいで、まだちょっと気まずい。加えて、有希と一緒に美術部との打ち合わせに行った後から、若干アリサの様子がおかしい。どこがどうと言われると返答に困るのだが……

（ぜってーなんかやったよな……有希のやつ）

この前の休日の様子を見るに、アリサは有希に、あまりよくない意味で気に入られてしまったらしい。真面目で負けん気の強いアリサは、有希にからかい甲斐のあるお友達として認識されてしまったのだろう。

悪魔的な笑みを淑女然とした微笑みに隠しながら、言葉巧みにアリサを翻弄している絵面が容易く想像できる。

（はぁ……まあ、考えてもしょうがないよな）

どこか難しい表情で無言のまま隣を歩くアリサに内心溜息を吐き、政近は見覚えのあるファミレスが見えてきたところで覚悟を決めた。

「あぁ～アーリャ？」

「？　なに？」

「よかったら、ちょっと寄ってかないか？」

「え……？」

ファミレスの方を指差しながら言う政近に、アリサの目が大きく見開かれる。

「ああいや、今後一緒に会長選を目指す上で、いろいろと話しておきたいな～って」

「……ああ」

しかし、政近の続く言葉にすぐに目を細めると、気のない様子で頷いた。

「まあ、いいわよ」

「そうか、じゃあ寄ってくか」

とりあえず断られなかったことに安堵しつつ、政近はそそくさとファミレスの方に向かうと、ドアの取っ手に手を掛けた。

【デートじゃないのね】

そこを、背後から刺された。

（ぬぐぅっ！　は、背後からとは、卑怯なり！）

刺客に襲われた侍のようなことを内心で叫びながら、膝が崩れそうになるのを取っ手にしがみつくことで耐え、政近は店内に入った。店員さんに案内されてテーブル席に向かい合って座ると、とりあえず飲み物だけ注文する。

「えっと……カフェオレを一つ」

「私は、メロンソーダとチョコレートパフェで」

「⁉」

「……なに？」

「いや、別に……」

ただでさえ甘いチョコレートパフェにこれまた甘ったるいメロンソーダを取り合わせるという、ある種冒瀆的な注文に驚きを隠せない政近。引かれているのを察したのか、どこか気まずそうな顔で、アリサが言い訳がましく言う。

「ちょっと……頭が疲れてるのよ。甘いもの食べないと頭が回らないでしょ？」

「ああそう……あ、注文は以上で」

甘いものうんぬんというより、食べ合わせの問題なのだが。政近はそれ以上突っ込むことなく店員さんを見送ると、注文したものが届くのを待つ間に疑問を解消しようと、遠慮がちに口を開いた。

「えっと……有希と、なんかあった？」

「……別に」

返事は素っ気なかったが、何かあったのはスッと逸らされた視線を見れば明らかだった。

（有希ぃぃ――――!!　お前、何をしたぁぁ――――!?）

内心絶叫しながら頬を引き攣らせていると、チラリと政近の方を見たアリサが、再び視線を逸らしながらごにょごにょと言った。

「別に……ただ、私があなたと立候補するって伝えただけよ」

「あ、そう……」

絶対それだけじゃないだろと思いながら、これ以上突っ込んでいいのか迷う政近。そこへ、それまでチラチラと政近の方を見ていたアリサが、意を決したような表情で問い掛けた。

「ねぇ」

「ん？」

「あなたって……有希さんと付き合ってるの？」

「なわけない」

アリサの的外れな質問に、思わず真顔で返してしまう政近。当然だ。政近と有希が実の兄妹だと知らないアリサからすると普通の質問でも、政近からすると「どこのギャルゲーだ‼」と叫びそうになるぶっ飛んだ質問なのだから。

「……違うの？」

「違う。断じて違う」

政近の真顔の断言に、アリサは困惑した様子で瞳を揺らす。その表情を見て、政近は溜息交じりに続ける。

「有希が何を言ったか知らないが……俺達は家族、みたいなもんだ。お互いに恋愛感情なんて一切ない」

「でも、有希さんは……」

「ハァ……この際だから言っておくが、有希の言葉をあんまり真に受けるなよ？　あいつは見た目通りの淑女なんかじゃない。お前のことをからかって、動揺させて楽しんでるんだよ」

「……」

微妙に納得していない顔で、どこか不満そうに政近を見るアリサ。しかし、そこで飲み物とパフェが届いたので、政近はこの話を切り上げて本題に入った。

「さて……じゃあ、会長選の話だが」

カフェオレを一口飲むと、正面でメロンソーダを飲んでいるアリサの目を見て言う。

「最初に言っておく。このままでは、有希に勝つことはまず無理だ」

「！」

はっきりとした断言に、アリサの眉がピクッと動く。そして、メロンソーダを置くと、鋭い視線で政近を見返した。

「……ずいぶんはっきりと言い切るのね」

「事実だからな。それくらい有希は、既に次期会長としての地位を確立している」

アリサの視線にも、政近は怖けることなく肩を竦める。

「そもそも、生徒会の一年生メンバーが足りないなんてことがまずおかしいんだよ。例年なら、会長と副会長のペアが最低でも三組はいるはずだ。事実、中等部一年の一学期には、俺と有希含めて六組。計十二人のメンバーがいた」

「十二人⁉　ずいぶん多いわね……」

「まあもっとも、選挙戦前の討論で半数が脱落したから、実際に選挙戦に挑んだのは三組だけだったんだけど」

「討論？」

「ああ、学生議会のこと。そうか、まだ転校してきてから一年だもんな……それの説明もしないといけないか」

学生議会。

生徒間でなんらかの問題が起きた時、当事者同士の話し合いで決着がつかなかった場合。あるいは一般生徒が生徒会に対して取り上げて欲しい議題がある場合に、講堂で開かれるディベート大会のようなものだ。

そこでそれぞれの代表者が意見を述べ、聴衆の投票によって決を採る。

この学生議会によって決定した内容は、その場の全生徒が証人となるため、絶大な強制力と執行力を持つ。

「例えば、昨日のサッカー部と野球部の話し合いとかも、どうしてもまとまらなければ学生議会で決着することになっただろうな。まあ、そこまで大袈裟にするとわだかまりも残りやすいから……基本的には、当事者同士の話し合いで妥協点を探るけど。学生議会開くのは最終手段だ」

「そうなの……時々講堂で何かやってるのは知ってたけど、そういうことだったのね」

「学生議会は、一応生徒会主催だぞ？　ま、メインは議長を務める会長や副会長で、俺ら平役員の仕事は申請書類の処理と会場の手伝いくらいだけど」

「そう……それで、それが会長選にどう関係があるの？」

「ん？　ああ……選挙戦の候補者同士が学生議会を開く場合、少し事情が違うんだよ」

多くの場合、生徒会業務に関する意見の対立で行われる、候補者同士の学生議会。

これはその性質上、討論会と呼ばれる。

それと言うのも、候補者同士で意見を戦わせて勝敗が付く以上、多くの生徒はそこで格付けがなされたと受け取るからだ。

「人望や説得力その他、討論会で一度格付けが済んでしまえば、その評価をひっくり返すことはほぼ不可能だ。事実上、選挙戦前に落選だな。まあ、自分を言い負かした相手とそのまま一緒に業務を続けるのは心情的にも厳しいだろうし、大体の場合敗者は生徒会を去ることになる」

「そういうこと……」

「大体そうやって潰（つぶ）し合って、最終的には三組か四組くらいまで絞られるのが通例らしい。まあ、会長選に挑む生徒が全員生徒会に入るわけじゃないが……それでも、今年は明らかに異常だ」

政近加入以前は、一年生は有希とアリサだけ。一時的に他のメンバーが加わることもあったが、結局すぐに辞めてしまった。それはつまり……

「皆諦めてるんだよ。有希相手じゃ会長選では勝てないってな。それだけ有希が次期会長当確だと思われてるってことだ」

「……」

「この学園で生徒会長になることのメリットは言うまでもないよな？　実際、生徒会長という肩書きが持つ価値が高過ぎて、数年前には選挙戦を巡って裏で汚い手段が横行したって話も──」

珍しく大真面目に、選挙戦のことを語る政近。その姿を、アリサはどこか複雑な心境で見つめていた。

普段から政近の不真面目な態度を咎めているアリサだが、生徒会での業務に続いて、こうもずっと真面目な態度を貫かれると調子が狂うというか脈が狂うというか。

加えて、ファミレスに二人きりというこの状況を、政近が全く気にした様子がないというのも気に入らない。

（なによ……澄ました顔しちゃって）

元々友達が少な……ガードが固いアリサは、実のところ異性と二人っきりで飲食店に入るという経験自体が初めてのことだった。

店に入る前に漏らしたロシア語も、今回に限って言えば本心から出た言葉だと自覚している。主にマリヤに吹き込まれた少女漫画の知識のせいだが、アリサの中では「放課後に男子にファミレスに誘われる」＝「デートのお誘い」という認識だったのだ。

それでまあ、正面に座るべきか隣に座るべきかとか、他の生徒に見られたらどうしようかとか窓際の席なんて外から見られちゃうんじゃないかとか、いろいろと意識してしまって内心そわそわしていたのに、蓋を開けてみれば気にしていたのは自分だけだったという。

(なんなの？　女の子とファミレスなんて慣れてるっていうの？　まあ？　有希さんだけじゃなくて、他にも仲のいい女の子がいるみたいだし？)

昨日、帰り道で握手した際に政近が言った言葉を思い出すと、同時にその時の怒りも蘇ってくる。

気を紛らわせるようにメロンソーダを飲むが、胸の内のもやもやは治まらない。舌にザリッとした感触が当たったと思ってパッと口を離すと、そこにはいつの間にかガジガジに嚙まれて、ぺったんこになったストローがあった。

心の中で「道理で飲みにくいと思った」と納得しつつ、無意識に子供のようなことをしてしまったことに気恥ずかしさを覚える。

「……まあそのおかげで、今ではクリーンな選挙が出来るようになったらしいけどな」

正面の席では政近が相変わらず真面目に話をしているが、あまり内容が頭に入ってこない。せっかく話してくれているのだから集中しなければと思っても、どうしても今一つ身が入らなかった。

「ふうん、そうなの」

「ああ、それでその代わりと言っちゃなんだが討論会による候補者同士のバトルが――」

曖昧(あいまい)に相槌(あいづち)を打ちつつ、アリサは今度はパフェを口に運ぶ。口の中にチョコとバニラアイスの甘さが広がった後、歯にガヂッという感触が当たり……今度はスプーンを噛んでしまっていることに気付いて、慌てて口から引き抜いた。

「アーリャ？　聞いてるか？」

「っ！」

政近に怪訝(けげん)そうな目で見られ、アリサの頬がカッと熱を持つ。普段注意する側の自分が逆に注意されたことに、屈辱感と羞恥心(しゅうち)が湧き上がる。

「聞いてるわ。ちょっとパフェに気を取られただけ」

「……はぁ、まあたしかにおいしそうだけど……」

中途半端に頷(うなず)きながら「そんな、意識を持ってかれるほどか？」とでも言いたげな目を向けられ、アリサはますます頬を赤らめる。

（なによなによ！　元はと言えばあなたがそんな態度だから、私も調子が狂うんじゃない！）

逆恨みも甚だしい理不尽な怒りを頭の中でぶちまけながら、アリサは政近の怪訝そうな目から視線を逸らし……視界に入ったパフェに、ハッと妙案（？）が浮かんだ。

（ふ、ふふ、そうよ……意識してないなら、意識させればいいのよ！）

謎の対抗意識を燃やし、アリサは口元に不敵な笑みを浮かべると、悪戯っぽい表情で言った。

「……一口、食べる？」

「え、いや……」

「おいしそうだって言ったじゃない。別に遠慮しなくていいわよ」

何気ない調子で言いながら、アリサはチョコレートソースの掛かった生クリームをスプーンですくうと、そのまま政近の方に突き出した。これには政近も流石に固まる。

「はい、どうぞ」

突き出されたスプーン。その高さは明らかにスプーンを手渡す位置ではなく、決定的な一言こそないものの、その意図するところは明らかだった。

（え？　なにこれあ〜んイベント？　え、いやそんな雰囲気じゃなかったよね？　いつフラグが立った⁇）

アリサの思惑通り、動揺を隠せない政近。……その動揺の仕方は、アリサの予想以上に残念な感じだったが。

「えっと、いや、普通に新しいスプーンもらうけど？」

「わざわざ店員さん呼ぶのも申し訳ないでしょ。洗い物も増えるし」

「いや、でも……」

これなんて羞恥プレイ？　無意識にのけ反る政近に、アリサはさらにググイっとスプーンを突き出す。

「ほら早く……これくらい、ロシアじゃ普通よ」

「え、マジで？」

政近のロシアに関する知識は主に映画や本から得たもので、実地で得たものではない。それゆえ、もしかしたらロシアは間接キスとかそういうの全然気にしないお国柄なのかもしれないという考えが、政近の頭をよぎり……

（あ、普通に嘘だこれ）

スプーンからアリサに視線を移し、即座にそう判断した。なぜなら、アリサは顔こそ悪戯っぽい表情を取り繕っていたが……よく見ると、耳の先と指先がじわじわと赤くなっていたから。なまじ肌が白いもんだから目立つ目立つ。

（マジでどうした……？　無理すんなよ恥ずかしいんなら）

こうなると逆に冷静になってしまって、恥ずかしさとかよりも心配が勝る。政近の表情からもそれがはっきりと伝わり、アリサも急に冷静になってしまった。

（何してるんだろう……私）

一度冷静になってしまうと、自分の行動に猛烈な羞恥心が湧き上がってくる。全身が熱くなり、店内にいる人全員が自分を見ているのではないかという感覚に襲われ、居ても立っても居られなくなる。

しかし、ここでスプーンを引っ込めてはますます居た堪れなくなると自分でも分かっていたので、なんとか表情を保持してスプーンを突き出す。

「ほら……クリームが溶けちゃうでしょ？」

「あ、うん……」

政近もまた、引くに引けなくなっているんだろうなぁとは薄々察したので、もうアリサを説得するのは諦めた。

（まさか、ここで間接キスイベントが発生するとはな……だが、問題はない。マーシャさんの時に、既に覚悟とシミュレーションは出来ている！）

あの時はただの早とちりだったが、状況的にはそう変わらない。こういうのは恥ずかしがっては負け。平常心で、スタイリッシュに決めるものなのだ！

（そう、紙コップがスプーンに変わっただけ……変わっただ、け……じゃ、ないだろ！　スプーンだぞ？　アーリャの口の中に入って舌に触れたスプーンだぞ？　それを口に入れるなんてそれはもう間接キスを通り越して間接ディープキスと呼んでもいいのではあるみ

やいか⁉)

冷静に状況を分析した結果、とても冷静ではいられなくなってしまう政近。無意識に視線がアリサの唇に向かい、そのタイミングでアリサが口を開いた。

「ほら、あ～ん」

遂に、その一言を口にしたアリサ。自然と政近の視界に入る、アリサの綺麗な白い歯と赤い舌。

(うおおぉぉ――――⁉　舌を見せつけるんじゃねぇ！　生々しいだろうが！　生々しいだろうぐわぁぁぁ――――⁉　美少女は口の中もきれいですねありがとうございます！)

心の中で頭を抱えて七転八倒する政近。しかし、男としての本能なのか何なのか、親鳥にくちばしを差し出されたヒナのごとく、気付けば政近は口を開いていた。

「あ、あ～ん……」

そこへすかさず差し込まれるスプーン。

反射的に口を閉じ、上唇で生クリームをすくってしまう政近。

ついさっきまで出来るだけスプーンに触れないよう前歯でこそげ取ろうとか考えていたのに、そんなものはすっかり頭から抜け落ちてしまっていた。

(うぎゃぁおおぉぉ――――⁉　間接ディープキス！　間接ディープキスしてしまったぁぁ――――⁉　順番間違えてやいませんか？　いろいろと順番間違えてやいませんかって順番

ってなんじゃボケェ――!?)

心の中で頭を地面に打ち付けて悶絶する政近。

そこへ、ゲス顔をした有希が「へへ、どうだい？　アーリャさん味の感想はよ？」と下卑た声で言いながら肩ポンしてきたので、とりあえず起き上がりざまにその顔面に裏拳を叩き込んでおく。

この妹様は脳内イメージですらやかましかった。

「……甘いな」

「……そう」

動揺のあまり、生クリームを呑み込みながらシンプル過ぎる感想を言ってしまう政近。

しかし、アリサもまたそれにツッコむことはなく、静かにスプーンを引き戻した。

(いや、むしろこの空気が甘い！　……って、マジでどないしてくれんねんこの空気)

さっきまで真面目な話をしてたのに、どうしてこうなった？　というか、マジで誰かに見られてないだろうなこの状況。

今更ながら、政近は周囲に視線を巡らせ……窓の外を見た瞬間、見覚えのある後ろ姿に目を瞬かせた。

(あれは……谷山？)

内心で首を傾げるが、アリサの咳払いで意識を引き戻される。

　政近が正面に向き直ると、アリサは伏せていた顔を上げ、凛とした表情で真っ直ぐに政近の方を見た。

「それで、それを踏まえた上で……有希さんには、どうすれば勝てると思うの？」

　厳しい現状を認識した上で、なおも前を向こうとする強い瞳。逆境の中でこそ輝く、眩い魂の輝きに、政近は思わず目を見張り……

（いやぁぁ――――ムリムリ！『どうすれば勝てると思うの？〝キリッ〟』じゃねーわ！この空気の中シリアスモードは無理がありますよアーリャさん⁉）

　心の中で盛大にツッコミを入れた。しかし、この妙な空気をなんとかしたいのは政近も同じだったので、口には出さずに乗っかることにする。

「ンンッ……それはもちろん、別路線で行くしかないだろ」

「別路線？」

「ああ、正面からガチンコ勝負しても勝ち目はない。なら攻め手を変えて、有希とは違う方向性で生徒にアピールするんだ」

「……具体的には？」

　アリサの問い掛けに、政近は「そうだな……」と視線を巡らせて考えをまとめる。

「アイドルの人気投票なんかと同じだ……絶対的エースに勝つためには、皆に応援されるい、存在を目指すしかない」

「……どういうこと？　応援されるも何も……そもそも、応援したいから投票するんでしょ？」

「いや？　そうとは限らない。会長選は基本的に人気投票だが、ファンが自ら投票権を取りに行くアイドルなんかとは違って、全校生徒に強制的に投票権が与えられるからな……そうなると、会長選にあまり興味がない生徒が選ぶのは、大体が〝無難〟一択だ。つまり、安心と信頼と実績の元中等部生徒会長だな。実際、俺もこの前の会長選では普通に元会長を選んだし。……当選したのが別の人でビックリしたよ」

「そうね……言われてみれば、剣崎会長は中等部では生徒会役員じゃなかったのよね」

「ああ、元中等部生徒会長と副会長が高等部でも同じペアで出馬した場合、その当選確率は約七割らしいからな。そこに勝ったんだから、やっぱり剣崎会長はすごいよ……で、まあ当時会長がやったのが、まさに応援されるストーリー作りなんだよね」

素直に統也を称賛し、政近は鞄の中から紙の束を引っ張り出した。

それは、学園の新聞部が発行している学内新聞の、去年分の写しだった。その内の一枚を手に取り、政近はその一点を指差す。

「ここ、小さな特集があるだろ？」

「……なにこれ？　『剣崎統也、生徒会長への道　第五話』？」

「そ、当時の新聞部員の一人が、劣等生だった剣崎会長が会長選に挑むっていうのを面白がって、取材したんだってさ。会長自身、自分のモチベーション維持のためにも、実名で特集組むことを了承したらしい」

「ふぅ、ん……まあ、人に見られてると思うと甘えはなくなるわよね」

「ああ。たぶん最初は、取材した新聞部員も半分冷やかしだったんだろうけどな……そしたらまあ、回を追うごとに目に見えて外見は変わるし成績は上がるしで、なんだかリアルサクセスストーリーみたいな感じになってってって。読者がどんどん味方に付いて、最終的には当選まで行ってしまったんだとさ」

「それが、応援されるストーリー作り……？　つまり、苦労や努力している様子を周りの生徒に見せるってこと？」

「流石に理解が速いな。そういうことだ」

相方の頭の回転の速さに満足げに笑いつつ、カフェオレを口に運ぶ政近だったが……その意識は、さっきからずっと別のところに向いていた。

（で、そのスプーンどうすんの？）

即ち、先程〝あ〜ん〟に使われたスプーンである。

今はアリサの手元、紙ナプキンの上に置かれているが、チョコレートパフェはまだ半分以上残っているし、そろそろ食べないとアイスが溶けて崩れそうになっているのだが。

果たしてアリサは気付いていないのか、気付かない振りをしているのか……。

一方そのアリサは、政近が用意した学内新聞の写しに熱心に目を通している……振りをしながら、意識は別のところに向けていた。

（どうしよう、このスプーン）

……二人共、考えていることは同じだった。

なんだか自分でもよく分からない対抗心で〝あ〜ん〟をしてしまったアリサだが、冷静になった今、あまりの恥ずかしさに内心死にそうになっていた。

考えてみれば、〝あ〜ん〟した後にそのまま流れでパフェを食べてしまえばよかったのだ。何気ない様子でスプーンを使い、ドギマギしている政近をからかってやればそれで済んだはずなのだ。そこを変にスプーンを一回置いてしまったせいで、どんどんそれに触れづらくなっている。

（だって……久世(くぜ)君があんなにパクっと口に含むから……もう少し遠慮しなさいよいやらしい！）

凄(すご)い勢いで責任転嫁しながら、アリサはチラリとスプーンを見下ろし……そこにはっきりと縞状(しまじょう)に残るクリームの跡に、パッと視線を逸(そ)らした。

（く、久世君の、唇が通った跡が、あああとあと跡ぉぉぉ〜〜〜？？？）

内心パニックになりながら目をぐるぐるさせるアリサ。そこへ、政近が躊躇(ためら)いがちに声を掛けた。

「ああ〜〜……その、悪い。何か頼んでいいか？」

「え？」

目を瞬かせるアリサに、政近は周囲に視線を向けてから照れ笑いと苦笑いを半々に浮かべた。

「食べ物の匂い嗅いでたら、なんだかお腹空いてきちゃってさ……やっぱ朝食抜くとダメだな」

「ああ……別にいいけど」

アリサの了承を得て、政近はメニューを開く。パラパラとページをめくって目星を付けると、店員の呼び出しボタンを押した。すると、程なく女性の店員さんがやって来る。

「お待たせしました〜」

「あ、注文いいですか？」

「はい、どうぞ」

「えっと……ベーコンとほうれん草のソテー、本格四川麻婆豆腐、あとライスとお冷が……二つで」

「は〜い。ベーコンとほうれん草のソテー、本格四川麻婆豆腐、ライスにお冷が二つですね？」

「あ、ちなみになんですけど……この麻婆豆腐って辛さ追加できたりします？」

「出来ますよ？」

「え、出来るの？」

思わずといった感じでツッコんでしまい、恥ずかしそうに首を縮めるアリサに、店員さんはニコッと笑って政近に視線を戻す。

「二倍、三倍、五倍、十倍までありますけど、いかがいたしますか？」

「十倍って、どれくらい辛いですか？」

「そう、ですね……」

そこで店員さんはチラリと周囲を見回してから、少し声を落として言った。

「正直、ものすごく辛いです。私も味見したことありますけど、一口が限界でした。あれは絶対お腹壊すと思います」

「お腹壊すのか……いいね」

「何が？」

真顔でツッコミを入れるアリサだったが、政近は普通にスルーした。

「じゃあ十倍で」

「畏まりました～十倍ですね。以上でよろしいでしょうか？」

「いえ、それと……スプーンの替えを」

政近がアリサの手元にあるスプーンを視線で示しながらそう言うと、店員さんも下手な詮索はせずに頷いた。

「畏まりました。それでは、少々お待ちください」

厨房に戻っていく店員さんを見送り、アリサはメニューを立て掛ける政近に不満そうに言った。

「別に、よかったのに」

「スプーンのことか？　俺が恥ずかしいんだよ。ロシアでは普通のことかもしれんけど、日本の男子高校生には刺激が強いわ」

「あ、そう……」

不承不承といった様子で頷いてから、アリサは不意にふふんっと挑発的な笑みを浮かべる。

「これくらいで動揺するなんて、久世君は意外とウブなのね。てっきり女の子慣れしてると思ってたのに」

気遣ったところへのこの言われように、政近もピクッと眉を動かして反論する。

「俺からすると、むしろこんなことを平然とやってしまうことの方が信じられないんですがねぇ。ロシアでは間接キスが横行してるのかな？」

引き攣り笑いを浮かべてそう言うと、アリサはむっと眉根を寄せて押し黙った。しばらく沈黙してから、不満そうな顔でボソッと呟く。

【あなた以外にはしないわよ。バカ】

おめでとう政近君。アーリャさんのファースト間接キスゲットだよやったね！

（アリガトー……俺、今日死ぬのかな？）

突然響いた脳内アナウンスに、政近は遠い目で窓の外を眺める。そこへ、さっきの店員さんが新しいスプーンを持ってやって来た。

「お待たせしました～こちら、下げさせていただきますね？」

「あ、はい……ありがとうございます」

新しいスプーンを受け取ったアリサに、政近は遠い目をしたままパフェを勧める。

「ほら……早く食べちゃえよ。溶けるぞ？」

「……そうね」

素直に頷き、アーリャは微妙に傾いているパフェを一思いに突き崩すと、上の生クリームから下のコーンフレークまで一緒くたに掻き混ぜて口に運んだ。黙々と食べ進めて数分で完食すると、「ごちそうさま」と手を合わせて紙ナプキンで口元を拭く。

「それにしても……ずいぶんとしっかり食べるのね」

「ん？　……ああ」

一瞬首を傾げ、注文した料理を間食だと思われていると察した政近は、アリサの誤解を正した。

「ああいや、今日はもうここで晩御飯済ませちゃおうと思って」

「……前にも思ったけど、家には連絡しないでいいの？　親御さんがご飯用意してくれてるんじゃないの？」

「いや、今家に親いないから」

「あ、そう……」

実のところ、父子家庭である久世家の食事は、基本的に政近が作っている。父親が仕事で家を空けている時も、大体が自炊だ。

「どうせ俺一人だし、家帰ってから料理すんのも面倒だしさ」

厳密に言えば、予告なしに襲来して飯（メシ）クレする妹はいるが。昨日の今日では流石に来ないはず……なので、考えないことにする。

「料理……え、久世君料理できるの？」

心底意外そうに驚きの表情を浮かべるアリサに、政近は肩を竦（すく）める。

「簡単なものならな。手抜き料理とか時短料理とかって呼ばれるもんばっかり作ってるから、そんな大層なものは作れんぞ？」

「それでも意外だわ。久世君は料理とか面倒って言ってやらなそうなのに」

「ま、否定はしない」

実際、別に政近は料理が好きというわけではない。単純にその方がいろいろと楽だからやっているだけだ。

中学の初めの頃は、朝は前日買った総菜パン、昼は学食、夜はコンビニ弁当といった感じだったのだが、一カ月もするとまず総菜パンに飽きてきた。毎日買い物に行くのも正直面倒くさい。そんなある日、気まぐれにテレビでやっていた時短料理というものを試したところ、買い物に行く時間と自炊や皿洗いに掛かる時間が、大して変わらないと気付いたのだ。

それに、父親が家を空けている日には、政近にはご飯代として一日二千円が渡される。これは余った分は自分のお小遣いになるので、自炊した方がお金も貯まるのだ。それらのメリットとデメリットを踏まえて、自炊を選択しただけのことだった。

「そう言うアーリャはどうなんだ？　料理、出来るのか？」

この完璧(かんぺき)超人なら、料理もある程度できるのだろうと思って何気なく訊(き)いた政近だったが……

「……」

アリサは、無言で視線を逸らした。政近は察した。

「うんまあ、高一で料理できる奴(やつ)の方が少数派だよな」

「別に、出来ないってわけじゃないわ……ただ、時間が掛かるだけで」

「ああ……もしかして、野菜切る時とか同じ大きさ細さになるように丁寧に丁寧に切るタイプか？」

「まあ、そうね。あと、具材に均等に火が通ってるかとか、調味料が正確な量と濃度で行き渡ってるかとかがどうしても気になって……」

「それ、焦げるやつやん」

「……」

図星を突かれたのか、気まずそうな顔でメロンソーダを口に運ぶアリサ。

完璧主義者のアリサらしいと、政近は苦笑しながらも納得する。料理には正確さも大事だが、それ以上に手際の良さが大事だ。政近に言わせれば大事なところは押さえつつある程度大雑把（おおざっぱ）にやるのがコツなのだが、完璧主義者のアリサにはその〝大雑把〟が出来ないのだろう。

「……仕方ないじゃない、気になるんだから。マーシャみたいにわーっと適当にやってるのを見ると、もうなんかむずむずして……」

「あ～それはそれでなんかすごい想像できるな」

いつものふわふわとした笑みを浮かべながら、フライパンに食材や調味料をポンポン放り込むマリヤの姿が脳裏に浮かび、すごくやりそうだなぁと笑う。妹とは逆で、姉は姉で大雑把過ぎてダメなのかと、そう思ったのだが。

「でも、なぜか出来上がる料理はおいしいんだけど……」

「それシンプルに料理上手い人ぉ～」

マリヤさん、まさかの料理上手らしい。

（マジかよ。あの人マジで非の打ち所がねぇな）

ここに来て『マーシャさん、実は妹よりもスペック高い説』が浮上してきて、政近は額を押さえた。その政近の仕草に気まずくなったのか、アリサは手をパタパタと振って話を戻す。

「それはまあ、いいとして。それで、具体的にどういうストーリーを考えているの？」

「え、ああ……そうだな。どこまで話したっけ？」

「剣崎会長がやったように、生徒に応援されるようなストーリー作りをしようってところよ」

「ああ、そうだったな……」

気を取り直すように話を戻すアリサに、政近も表情を改めると、思考を切り替えた。

「まあ、アーリャも言ったように、まずは努力している姿を見せないとな。具体的には……一学期の終業式で」

「一学期の終業式？　もしかして、生徒会役員あいさつ？」

心当たりがあった様子のアリサに、政近も頷く。

「そうだ。名目上は、『今期はこのメンバーでやりますよ～』っていう生徒会のお披露目の場だな」

「たしかそれ以降は、基本的に新しい役員が加わることはないんだったかしら？」

「ああ。例年一学期中は役員の出入りが激しいが、このあいさつ以降は出ることはあっても入ることはない。そして……このあいさつは俺達一年の役員にとって、会長選の出馬表明の場でもある」

「言われてみれば、去年もそんな感じだったわね……」

中等部三年の頃のことを思い返して頷くアリサに、政近は真剣な表情で告げる。

「全校生徒の前で行う、最初の所信表明演説だ。どれだけ重要かは言うまでもないよな？」

「そう、ね……」

アリサもまた、真剣な表情になって考え込む。しばし俯いて何かを考えていた様子だったが、不意にどこか不安そうな表情で、チラリと政近の方を見た。

「……どういったあいさつをすればいいのかしら？」

小さい声ながらも相方を頼るアリサに、しかし政近はあっさりと言う。

「好きに話せばいいさ。素直な気持ちで、自分の言葉で語った方が聞いてる側にも伝わる」

「なによ。具体的なアドバイスはひとつもなし？」

せっかく頼ったのに適当な返しをされ、アリサはむっと不満そうに眉根を寄せる。それに対して、政近は肩を竦めた。

「下手なことしないでも、お前はそのままで十分応援したくなる人間だよ。言葉が足りない部分とかは俺の方でサポートするから、お前は自分が思うようにしゃべればいい」

何気なく言われた言葉。その言葉に……

「ぁ、そう……」

アリサは、普通に照れた。不満そうな表情から一転して恥ずかしそうな表情になると、そわそわと落ち着かない様子で視線を彷徨わせる。そして、毛先を指でいじいじしながら口を開いて何かを言い掛け、少し考えてからロシア語で呟いた。

【……どの辺りが？】

そわそわチラチラしながら「褒めて褒めて」とロシア語でねだるアリサに、政近は遠い目になった。

（その辺りがだよちくしょーう。かわいーじゃねぇかー）

政近が内心投げやり気味にぼやいたところで、注文した料理が届いた。

「ご注文は以上でしょうか～？」

「はい」

「は～い。ではごゆっくり～」

店員さんを見送ってチラリとアリサの方を窺うと、意を汲んだアリサが「どうぞ」と促す。

「では失礼して……いただきます」

遠慮気味に手を合わせると、政近はまず白い皿に盛られたベーコンとほうれん草のソテーに取り掛かった。前菜感覚でこれをさっさと平らげると、今度はメインである、薄い鉄鍋でふつふつと煮立つ麻婆(マーボー)豆腐を引き寄せる。

程よく崩れた白い豆腐に、さながらマグマのような赤黒い餡(あん)をたっぷりと絡めると、冷ますのもそこそこに口の中へと運ぶ。

「へぇ……ファミレスにしてはなかなか攻めてるな」

歯茎に刺さるようなその辛さに、政近は満足げに頷(うなず)く。その様子を、アリサは眉根(まゆね)を寄せて眺めていた。

「……おいしいの？」

「ん？　まあまあ。食べてみる？」

そう言ってから、政近は「あ、しまった」と思った。

自分一人だけ食事をしているという居心地の悪さと、さっき〝あ〜ん〟されたことからとっさに出てしまった言葉だが、考えてみればこれはアリサが食べられるような辛さではなかった。

しかし、一度出した提案を引っ込めるのも……と迷う政近の前で、アリサもまた迷っていた。

正直に言えば、こんな目に見えた危険物を食べたくはない。しかし、ここでいらないと言えば、実は自分が辛い物好きではないということがバレてしまうかもしれない。

(水もある。メロンソーダもまだ少しある。大丈夫、一口ならきっと大丈夫)

手持ちの飲み物(回復アイテム)の残量を確認し、アリサは意を決した。

「それじゃあ、一口だけ」

「ああ～うん……オーケー」

そのアリサの思考を極めて正確に推測しながらも、政近は気付かない振りで小皿に手を伸ばした。

せめて豆腐を多めによそってやろうと、麻婆豆腐にスプーンを突き立て……発掘してしまった。赤い、爆弾を。

「あれ、すげぇな。唐辛子丸々一本入ってんじゃん」

「!?」

発掘した真っ赤な凶器をスプーンに載せ、チラリとアリサの方を見ると……アリサがなにやら子犬のような目になっていた。うっすらと潤んだ青い瞳(ひとみ)が、「いらない。それいらない」と訴えかけていた。その目を見て……政近の中に、天使と悪魔が出現した。

なぜか小さなマリヤの姿をした天使が、優しく諭すように語り掛ける。

『ダメよ、アーリャちゃんにそんなことしちゃ。メッよ』

一方、これまたなぜか小さな有希の姿をした悪魔が、下卑た声で煽るように語り掛ける。

『げっへっへ、やっちまえよ兄貴。分かるぜ？　アーリャさんの涙目、正直ぞくぞくするよなぁ？』

天使の説得と、悪魔の誘惑。二つの相反する感情に晒され、政近は歯嚙みした。

（くっ、俺は……俺は……っ!?）

ブルブルと手を震わせながら、その手の凶器を上げるべきか下ろすべきか葛藤する政近。

……ここだけ切り取ると、さながら戦場で銃を手に撃つかどうかを葛藤しているかのようだが、実際はただの唐辛子である。ファミレスで何やってんだって感じである。

『女の子を苦しめるようなことするのはどうかと思うわ。久世くんは――』

『邪魔だぁ!!』

『きゃっ！』

心の中で小さな有希の体当たりが炸裂し、小さなマリヤは「あ～れ～」と吹き飛んで行った。秒で決着が付いた。天使と悪魔の戦闘力に差があり過ぎである。

（許せ、アーリャ）

心の中で謝罪しつつ、政近は自分の中の悪魔に魂を売った。

「はい、じゃあ一番おいしいところ」

「……ありがとう」

俺、今スゲー鬼畜なことしてる。

イイ笑顔でどこか他人事のようにそんなことを考えながら、政近はアリサに小皿を手渡した。アリサは机の端に置いてある箸箱から箸を取り出すと、一思いに豆腐を口に運び……皿を置いて瞑目した。

「……どうだ？」

「……なかなかね」

表情を変えずに言い放つアリサ。しかし、政近は気付いていた。テーブルの上で握り合わされた両手が、ブルブルと震えていることを。今にも飲み物に飛びつきそうな左手を、右手で必死に押さえ込んでいるということを。気付いていたが……

（ごめんな、アーリャ）

やむにやまれぬ事情で友を裏切ってしまったキャラのようなセリフを内心で吐きながら、政近は曇りのない笑みを浮かべる。

「アーリャ……メインが、残ってるぜ」

「……」

一瞬、アリサが女の子がしちゃいけない目をしたが、政近は気付かない振りをした。

その笑みに促され、アリサは小皿に残った唐辛子を、エイヤっと口に放り込む。そして、右手で口元を覆うと深く俯いた。

「……アーリャ？」

【バカぁ】

政近の呼び掛けに、返ってきたのは弱々しいロシア語。

【バカぁ、バカぁ】

表情を見せないまま、涙声でバカと繰り返す。それは政近に対してなのか、それとも意地を張った自分に対してなのか……

「とりあえず、水飲んだ方がいいんじゃないか？　な？」

【バカぁ……】

流石に悪ノリを反省して気遣うが、アリサはただバカと言うばかり。結局その後は話し合いにならず、政近はさっさと食事を終えると、アリサの回復を待ってファミレスを出た。

「……ずいぶん、話し込んでいたみたいね」

「……そうだな」

暗くなった外に出てそう言うアリサに、政近は「お前がずっと死んでてただけなんだけどなぁ」と思いながら、罪悪感と共に目を逸らす。ただし、後悔はしていない。いつも強気なアリサが涙声になっている様は、正直すごくグッと来るところがあったから。クソ鬼畜野郎と呼ばば呼べ。

「そう言えば……有希さんはどうするのかしら？」

「え？」

突然出た予期せぬ名前に顔を上げると、アリサは少し気まずそうな表情でチラリと政近の方を見る。

「ほら……久世君が私と立候補することになった以上、有希さんにも新しいパー……副会長候補が、必要じゃない？」

「……ああ」

何を言い直したのか察しつつ、そこはスルーして頷く政近。そんな政近をじろっと睨んでから、アリサはどこか不満そうに続ける。

「さっき話したけど、一学期の終業式には生徒会メンバーが固定されちゃうんでしょ？　今のうちに副会長候補を見付けないといけないんじゃないかしら」

「まあ、あいつの場合はあいつ自身の人気が凄まじいから、誰が相方でも別にいい気はするけどな……」

なんせ、ほとんど表に出ない俺が相方でも当選したくらいだし、と付け加えて肩を竦める政近。しかし、隣から物言いたげな目を向けられて、気まずげに頭を掻く。

「そうだな、あいつは交友関係も広いし、誰か適当に見繕うんじゃないか？」

言ってから、政近も改めて有希のパートナーが誰になるのかを考えてみる。

「普通に考えれば元生徒会メンバーだよな……う～ん……」

すると、脳裏に自然と先程見掛けた少女の後ろ姿が浮かんだ。

「そうだな……谷山とか連れて来られると、かなり厄介だな……」

「谷山？　誰？」

「谷山沙也加。中等部の頃に、最後まで有希と生徒会長の座を争った奴だよ。……あれ？知らない？」

「知らないわ」

首を左右に振るアリサに、政近は眉根を寄せて首を傾げた。

てっきり政近は、以前生徒会に加わってすぐ辞めてしまったという数名の女生徒の中に、彼女もまた入っていると思っていたのだ。

（会長になることを諦めたのか……？　あいつ）

かつて一緒に生徒会業務に勤しみ……そして、会長選で負かしてしまった少女を思い、政近は胸に苦い思いが蘇る。

「久世君？」

「ああ、いや……まあ近いうちに分かるだろ？　誰なのか分かってから考えればいいさ」

「そう、ね……」

少し不審そうな表情で頷くアリサ。政近も頭を切り替え、有希が誰をパートナーに選ぶのか、かつての中等部生徒会メンバーを思い返した。

しかし、その疑問に正解が示されたのは、政近の予想よりも遥かに早く。翌日の放課後のことだった。そして、有希が連れてきたその生徒は……元生徒会役員、ではなかった。

「綾乃」

「はい、有希様」

生徒会室の扉の前に立った有希の呼び掛けに応え、その斜め後ろに控えていた女生徒が音もなく前に歩み出る。

そして、両手を前に揃えて綺麗に一礼すると、席に座る五人の生徒会役員に順々に目を合わせ、抑揚のない声で自己紹介をした。

「皆様はじめまして。わたくし、一年C組の君嶋綾乃と申します。この度、生徒会庶務として皆様と共に働かせていただくこととなりました。どうぞよろしくお願いいたします」

一切表情を動かすことなく流れるようにそこまで言うと、もう一度綺麗に一礼。

そのさながらロボットのような言動に、程度の差はあれ困惑の色を覗かせつつ、各々あいさつを返す生徒会メンバー。

「久世君？」

「……」

そんな中で、政近は完全に予想外の……しかし間違いなく有希が本気であると分かる人物の登場に、険しい表情を浮かべていた。アリサの声に応える余裕もなく、眉根を寄せて綾乃の方をじっと見る。

その時、綾乃の首がクッと動き、政近の目を正面から見据えた。

そして、そこで初めてその瞳にうっすらと感情を浮かべると、静かに口を開いた。

「同じ庶務として、よろしくお願いいたします……政近様」

君嶋綾乃。彼女は有希に仕える従者であり……かつての、政近の従者であった。

第5話　大きいことはいいことだ

「お～っし昼休みだ～。政近、光瑠、お前らどうする？　オレは今日買ってきたけど」

「へぇ、珍しいね」

「いっつも学食じゃ飽きるしな～」

「俺は今日は弁当だな」

「あ、そうなの？　じゃあ僕も購買で何か買ってこようかな」

「あぁ～俺も飲み物だけ買ってくるわ」

教室を出たところで光瑠と別れ、政近は校舎の一階にある自販機を目指して歩き始めた。

しかし、もう少しで階段に差し掛かるというところで、不意に背後から声を掛けられる。

「政近様」

すぐ後ろから聞こえたその声に一瞬ビクッとするも、即座に声の主を察した政近は、平静を装って振り返った。

「綾乃……何か用か？」

背後にいたのは、昨日生徒会に加わった君嶋綾乃。有希の従者であり、政近にとってある意味で本当の幼馴染みと呼べる存在だった。

「突然失礼いたしました。少し、お時間を頂けますでしょうか」

綾乃はぺこりと綺麗に一礼して非礼を詫びると、長い前髪の間から、感情の読めない瞳で政近をじっと見つめる。

「……分かった。人のいない場所の方がいいか？」

「ありがとうございます。こちらに」

既に場所の目星は付けていたらしく、綾乃はスッと政近の前に出ると、そのまま先導を始めた。

(相変わらず、忍者みたいなやつだな)

そのピシッとした背中を見つめながら、政近は内心で呟く。それと言うのも……綾乃は世間一般で見れば十分美少女で通用する容姿をしているにもかかわらず、ビックリするほど存在感がないのだ。その決して大きいとは言えない声がはっきり聞こえる距離に近付かれるまで、その接近に全く気付けない程度には。

……いや、存在感がないという曖昧な言い方はやめよう。ただ、あらゆる動作をほとんど音を立てることなく、かつ周囲の人間の視線が逸れた瞬間に行うため、注意していないとその動きに気付けないのだ。気付いたらいなくなっているし、また気付いたら近くにいたりする。

（ま、本人も悪気はないから何も言えんけどさ……）

別に綾乃は、誰かを驚かせようと思ってこういった振る舞いをしているわけではない。素の状態で、無口、無音、無表情。そもそも綾乃は自分から誰かに話し掛けるということがほとんどないため、驚かせるも何もない。旧知の仲である政近にとっても、綾乃に自発的に声を掛けられるというのは珍しい経験だった。

「どうぞ」

とある空き教室の前で止まると、綾乃はスーッと音もなく扉を開け（なんで引き戸でそんなことが出来るのかは不明）、政近を中に誘った。

誘われるまま教室に入ると、綾乃はこれまた音もなく扉を閉め、電気を点ける。そして、政近の前まで来るとまた一礼した。

「この度は政近様の貴重なお時間を――」

「ああ、いいから。本題は？」

「失礼いたしました。では――」

顔を上げ、綾乃は政近を真っ直ぐに見つめる。いつも通りの無表情ながら、その目には少し険があった。

「有希様より伺いました。政近様は、九条様と選挙戦に立候補されると。それは、間違いございませんでしょうか？」

「……ああ」

政近が頷くと、綾乃は一瞬目を伏せ……再び視線を上げた時、その目には冷たい光が宿っていた。

「今回の一件、御当主様は大変ご不快に感じておいでです」

「っ！」

綾乃に告げられた情報に、政近は息を呑む。綾乃が言う当主とは即ち、政近と有希にとって母方の祖父に当たる、周防家現当主だ。

「周防家を捨てられた政近様が、有希様の邪魔をされるとはどういうことかと。ひどくお怒りのご様子で」

「……」

それは、政近にとって決して意外なことではなかった。周防家の体面を何よりも重んじる祖父が、今回の政近の決断を喜ばないことは当然のことだ。

周防家の跡継ぎである有希のエリート街道を、周防家を捨てた政近が邪魔するなど、あの祖父にとっては許せることではないのだろう。

分かり切ったことだった。こうなることは予想できたはずなのに……なぜ、そこまで頭が回らなかったのか。

（クソジジイ……）

記憶の中の祖父に、内心悪態を吐く政近。

そもそも、政近と有希が対外的に幼馴染み設定を貫いていること自体が、祖父の意向によるものだった。政近からすると「くっだらね」としか言いようがないことなのだが、祖父に言わせれば本来の跡継ぎである政近が家を捨てたという事実は、周防家にとって醜聞となるらしい。そのため家を出る際の条件として、政近は以降、周防家の縁者であることを一切口外しないことを約束させられたのだ。

別に政近にはこの約束を守る義理もないのだが、祖父の機嫌を損ねた場合、その不満の矛先を向けられるのは周防家に残った妹だ。

それが分かっているからこそ、政近は愛する妹のため、今まで祖父との約束を守ってきた。祖父の意向に、大人しく従ってきた。

「それで？　お前が真意を尋ねるために遣わされたってことか？」

「……いいえ、これはわたくしの意志です」

「へぇ？」

てっきり祖父の命令かと思っていた政近は、綾乃の言葉に眉を上げる。意外感に満ちた表情をする政近に、綾乃は冷たい瞳で大真面目に続けた。

「主の露払いをするのもまた、従者の務めです。わたくしは有希様の従者として、主に敵対する者あらばその真意を測らなければなりません」

「忠義だねぇ。侍かよ」

茶化すような言い方をしながらも、政近の声に侮蔑や嘲笑の色はなかった。言葉こそ大仰ながら、そこに込められた意志に偽りがないということが分かっているからこそ、政近もまた背筋を正した。

（どうして、か……）

そして、改めて自身の行動を顧みる。アリサと共に、有希の対立候補として立候補する。普通に考えれば、これは久世政近としてありえない決断だ。祖父の不興を買い、愛する妹と敵対してまで、自分は何を得ようとしているのか。

副会長という栄誉？　そんなものに興味はない。政近はただ……アリサを放っておけなかった。結局のところ、それだけだったのだ。

「わたくしは……信じておりました」

沈思する政近に、綾乃は責めるような目を向ける。

「政近様が……有希様を悲しませるようなことは、決してなさらないと。それは……間違いだったのでしょうか？」

「……」

綾乃の苦渋のにじむ声に、政近は悲しくなった。敬愛する主のため、自ら憎まれ役を買って出ている目の前の少女が悲しかった。

一見無感情に見えるこの少女が、実は有希と同じくらい情愛が深く心根の優しい人間であることを、政近はよく知っていた。本当は、誰かを責めたり非難したりなんて、出来ない子なのだ。誰かを攻撃したらしただけ、自分も傷付いてしまう。そんな、ひどく優しい子なのだ。

そんな彼女が、痛みを堪えて敵意を露わにしている。その事実が、どうしようもなく悲しかった。そして、その原因が自分にあることがやるせなかった。

(もっと早くに……フォローすべきだったな)

後悔を噛み締めつつ、政近は表情を改めると、精一杯の誠意で綾乃と向き合った。その瞳を真っ直ぐに見つめ、偽りのない本心でもって自らの意志を伝える。

「俺は、有希と敵対するために立候補を決めたわけじゃない。アーリャと立候補することを決め……結果として、有希と敵対することになっただけだ」

「それは……」

政近の真っ直ぐな言葉に、綾乃の瞳が揺れる。しかし、すぐにまた視線を鋭くすると、追及を続けた。

「順番がどうであれ、政近様が有希様と敵対された事実に変わりはありません。政近様にとって、九条様と立候補されることはそこまで大事なことなのですか？　有希様を裏切り、傷付けてまでやらなければならないことなのですか？」

「……ああ」

あえて強い言葉を使った追及に、迷いなく頷かれ……綾乃は今度こそ揺らいだ。その瞳に困惑と哀切を宿す綾乃に、政近は真摯に語り続ける。

「なぜかは……俺にも分からない。それでもやる。俺は、俺の全力でもってアーリャを生徒会長にする。そう、約束した」

「それは、何か……特別な感情が、おありなのでしょうか？　政近様は、九条様のことを──」

「違う」

そこに関しては、断言できた。自分がアリサを助けるのは、決して恋愛感情からではない。では何かと問われれば……自分でもよく分からなかった。動機は分からないままに、ただ決意だけがある。

「俺が、俺の意志でそうすると決めた。有希は関係ない。周防家がどうこうなんて、考えてもいない」

「……」

「だから……祖父さんに伝えろ。今回の件で有希を責めるな。文句があるなら俺に直接言いに来いってな」

「……畏まり、ました」

政近の言葉に、綾乃はわずかに目を見開いて身を震わせると、深々と一礼した。そして、頭を下げたまま問い掛ける。

「最後に一つ、お聞かせください。政近様が、有希様に向けるお気持ちには……今も、変わりはございませんか？　政近様は、有希様をどう思っていらっしゃるのですか？」

「有希は、俺にとってこの世で最も大切な人間だ。その想いに変わりはない」

迷いなく言い切り、政近は眉を下げて綾乃にお願いをした。

「だから、頼む。今の俺に言えた義理じゃないのは分かってるが……あいつを支えてやってくれ」

「……畏まりました。政近様のお心を伺えて、嬉しく思います」

長い前髪に表情を隠したままそう言うと、綾乃は振り返って背後の扉に向かった。

「貴重なお時間を頂きまして、ありがとうございました。それでは失礼いたします」

そして、扉の前で一礼すると、教室を出て行った。……いつもなら、政近が出るのを待つはずなのに。

「失望、させちまったかな……」

開け放たれたままの扉が綾乃の心情を表している気がして、政近は苦い表情で独り言ちた。

（ま、状況だけ見れば、『あいつには俺がいないとダメなんだ。お前はもう、俺がいなくても大丈夫だろ？』とか言って浮気する、最低のクズ野郎にしか見えないしな……クズなのはただの事実だが）

内心で自嘲し、政近はぐしゃりと前髪を掻き上げた。

「分かっちゃいたけど……つれぇなぁ」

幼馴染みの少女から向けられた敵意は、予想以上に政近の心をえぐった。

自らの行動が、自分にとって最も近しい間柄にある二人の少女を傷付けたのだという事実が、政近の心をじくじくと苛む。

それでも、不思議なほどに後悔はない。アリサと共に歩むという意志に、揺らぎはない。

ない、が……それでも心は沈む。

「ハァ……」

溜息と共に項垂れると、政近は飲み物を買うという目的も忘れ、トボトボと教室に戻った。

「あ、戻ってきた。って……飲み物はどうした？」

「え？　あぁ……」

毅に指摘され、そこでようやく教室を出た目的を思い出したが、政近はもう一度飲み物を買いに行く気になれなかった。というか、食欲自体がすっかりなくなっていた。

「まあ、水はあるからいいさ」

「？　そうか？」

家から持ってきた水筒を振ってみせると、毅も何かを感じた様子でそれ以上の追及はしなかった。そこへ総菜パンを持った光瑠が戻ってきて、政近の机とくっつけるために、自分の机を反転させる。

「……本人いないし、普通にアーリャの席使えば？」

わざわざ遠くから自分の椅子を持ってきた毅にそう言うと、毅はぽつんと空いている窓際最後列の席を見て苦笑した。

「正直アーリャ姫の席に座ってみたい気持ちはあるが、なんだか殺されそうな気がするからやめとく」

「んな大袈裟(おおげさ)な」

「いや、アーリャ姫にじゃなくて……クラスの連中にな？」

「……なるほど？」

たしかに、殺されることはなくとも男子連中に親愛を込めて小突き回されることはあるかもしれない。特にこの学園では、それぞれの机の右隅にネームプレートが貼られているため、どれが誰の机かすぐ分かる。

一年を通して同じ机を使うようにすることで、生徒は自(おの)ずと学園の備品を大切に扱うようになる……という狙いがあるらしいが、これのせいで、軽い気持ちで他の生徒の机を使いづらくなっている面もあった。

(ま、視界の端に常に女子の名前がチラついたら落ち着かんわな)

毅の言い分に納得しつつ、政近は弁当箱を開いた。

「……なんそれ？」

「The☆昨日の残り物」

「見りゃ分かる」

政近の二段弁当には、上段にハンバーグがごろごろ放り込まれ、下段には白飯がぎっちり詰まっていた。上は茶色、下は白。ハンバーグに添えられたブロッコリーが、せめてもの色どりか。……若干しなびていたが。

「まあ、おいしそうはおいしそうだよね？」

「男飯感がすごいけどな」

「いや、実際男飯だし」

苦笑する親友二人に、政近は肩を竦(すく)める。この二人は政近が父子家庭であることを知っているので、政近も特に気にすることなく手を合わせた。

「いただきます」

「いただきます」

口々に言って食事を開始する、が……まださっきの一件を引きずっている政近は、あまり気分が乗らない。作業感丸出しで、淡々と箸(はし)を口に運ぶ。

そんな政近を見て何かを感じたのか、毅が不意にコンビニ弁当が入っていたビニール袋から漫画雑誌を取り出した。

「なああなあ、これ見ろよ。今週号のグラビア、〝ぶるー♡ミング〟全員集合だぜ」

毅が興奮気味に示すのは、今人気急上昇中の十二人組アイドルグループだった。普段こういった話題に食いつかない光瑠も、政近の態度に何かを察したのか、珍しくそれに乗っかる。

「最近結構テレビでも見るよね。清楚(せいそ)路線なのかと思ってたけど、水着グラビアとかやるんだ？」

「メンバー全員揃ってやるのは今回が初みたいだな。お、マジかよ。この子結構着痩(きや)せするタイプだったんだな……」

ビキニを着た女の子の写真を見て、毅はだらしなく鼻の下を伸ばす。

「なあ、政近は誰推し？」

「いや、正直俺アイドルは全然分からん。グループ名は知ってるけど、メンバーの名前は全く知らんな」

「おっさんみたいなこと言うなよ……じゃあ、好きな芸能人は？　女優でもアイドルでもなんでもいいから」

「いやぁ……俺、芸能人に対して特にファンになったりとかないんだよなぁ。好きな芸人ならいるけど」

「えぇ～？　……じゃあ、声優とかは？　女性声優で誰が好きとかないのか？」

「俺、声優にはあんま興味ない……」

「なんだよ、じゃあ光瑠は？」

「僕が、芸能人やるようなギラギラした女の子を好きになると思う？」

毅の質問に、フッと暗い笑みを浮かべる光瑠。

〝キラキラ〟ではなく〝ギラギラ〟と評する辺りが、光瑠の芸能人に抱く印象を物語っていた。二人の全く張り合いがない反応に、毅が不満そうに声を上げる。

「もぉ～なんだよお前ら！　男ならあるだろ！　好きな有名人の一人や二人！」

「いやぁ別に、好きになったからって付き合えるわけじゃなし……」

「そんなこと言ったら二次元のキャラだってそうだろうが」

「そりゃそうだけど、二次元のキャラとなら主人公を通して疑似恋愛は出来るし」

「主人公と結ばれないサブヒロインの場合は？」

「毅……世の中には、薄い本っていう便利なものがあるんだよ……」

「おいこら十六歳」

「誰も十八禁とは言っていないが？」

毅のツッコミに、政近は何食わぬ顔で答える。そこに、暗い笑みを浮かべた光瑠も同意した。

「そうだよね……二次元のキャラなら、裏切ることはないもんね……？」

「おい光瑠もどうした？　闇瑠（やみる）さんか？　闇瑠さん出ちゃったか？」

「光瑠……残念だが、最近は二次元でも寝取られモノとか結構あるぞ？」

「ヤメロォ！」

「やはり……女子は害悪……！」

「なんか復讐（ふくしゅう）者みたいなこと言い出すじゃん」

「誰のせいだ誰の」

毅にジト目を向けられ、流石にノリが悪過ぎたと反省した政近は、意識して声のテンションを上げた。

「まあでも、男の夢ではあるよな。人気アイドルと隠れて付き合うとか」

「お、おお、やっぱそうだよな！」

「皆のアイドル、でも実は俺だけのものっていうのがいいよな」

「分かる！　その優越感がいいんだよなぁ」

ありもしない妄想で盛り上がる二人。政近がノッてきたことに気をよくしたのか、毅は改めて漫画雑誌を広げると、政近に差し出した。

「で、お前は誰が好み？　純粋に外見だけでいいから」

「ん～そうだなぁ」

パラパラとページをめくるが、男の性（さが）というかおっぱい星人の本能というか、やはり水着グラビアだと女の子の特定部位に目が行ってしまうもので。それを察したのか、毅もニヤッとした笑みを浮かべる。

「やっぱり、ボインな年長組が好みか？　オレとしては同年代の年少組もアリだと思うが、水着だとやっぱぱなぁ」

「当然だろう。この魅力に抗（あらが）える男がいるか？」

「だな。ま、女の子の胸には男の夢とロマンが詰まってるからな！」

「ただの脂肪だヨ？」

「闇瑠さんは黙っててくださ～い」

二人のやりとりに微苦笑を浮かべつつ、政近は漫画雑誌を毅の方に向けた。

「まあ、この中で誰が好みかって言ったら、この子──」

一人の女の子を指差しながら視線を上げ……毅と光瑠が、「あっ」という表情で自分の背後を見ていることに気付いた。直後、背中に吹き付けるひんやりとした冷気。

　それらから瞬時に状況を察した政近は……前を向いたまま、全力で媚びを売った。

「……なんだけど、やっぱねー！　隣の席に普段から超絶美少女がいるから、正直霞んじゃうよねー!!」

「没収」

「なんで!?」

　背後から伸びた手に雑誌を取り上げられ、政近は悲鳴を上げる。その雑誌を視線で追うと、そこにはツンドラな目で政近を見下ろすアリサの姿。その目が手に取った雑誌に向き、侮蔑に満ちた呟きが放たれる。

【不潔】

「お、おう……オレ、ロシア語分からんけど、なんだかすごく蔑まれたことは分かる」

「奇遇だな毅。俺もだ」

「ははは……」

　引き攣った笑みを浮かべる毅と政近、他人事のように苦笑する光瑠。

　しかしアリサがじろりと睥睨すると、そのあまりの迫力に、毅と光瑠はサッと視線を逸らして首を縮めた。

「久世君……仮にも生徒会の一員になったあなたが、こんなものを学園に持ち込んでいいと思っているの？」

「いや、その……厳密には、持ち込んだのは毅で、ですね……」

「なら注意なさい」

「ハイ」

アリサの底冷えする声に、毅や光瑠と同じように首を縮める政近。

情けなく縮こまった野郎三人を侮蔑たっぷりに見下ろすと、アリサは大きな溜息と共に漫画雑誌を机に置いた。

「えっと……返していただけるので？」

「勘違いしないで。そんなものを持っていたくないだけよ」

「いや、たしかに表紙やグラビアのページはあれだけど、それ以外の内容は極めて健全な雑誌なんですが？」

「その不健全な部分で盛り上がっていた人がどの口で」

「む、ぅ……せやな」

吐き捨てるように告げられた至極もっともな返しに、唸りながらも納得してしまう政近。

そんな政近に呆れ顔で「バ～カ」と言うと、アリサは自分の席に腰を下ろした。

「(ほれ、アーリャの気が変わらん内にさっさとしまえ)」

「(ああ……って、お前いつの間に生徒会役員になったんだ？)」

「(あ～……昨日)」

「(聞いてないよ？　何があったの？)」

「(まあ、いろいろ……)」

なんとなく小声で、わたわたと動き始める野郎三人。そちらをチラリと見て、アリサは呆れた様子で頬杖を突くと、窓の方に顔を向けた。

思い出されるのは、先程の政近の叫び。ただ雑誌の持ち込みを誤魔化すためにお世辞を言われただけと分かっていても、背中がじわっと熱くなるのを感じる。

その熱を誤魔化すように、アリサはボソッと呟いた。その言葉とは裏腹にアリサの雰囲気が和らいだのを感じ、政近は内心ほっと胸を撫で下ろした。のだが、

【ホンット、バカ】

「ん？　光瑠どした？」

毅の言葉に視線を上げると、光瑠が毅がしまおうとしている雑誌の表紙をまじまじと見つめていた。

女嫌いの光瑠らしからぬその姿に、政近も毅も首を傾げる。すると、光瑠が表紙に載っている女の子の一人を指差して言った。

「いやぁ……さっき政近が選んだ子。名前なんだっけ？　まあいいけど、よく見ると九条先輩に似てるなぁって」

その瞬間、政近は左頬に突き刺さる視線を感じた。一時的に和らいだ隣人の雰囲気が、

一瞬にしてつららのように硬く鋭く冷たくなったのを感じる。

(うおぉぉぉい!!　なんつーこと言うんだ光瑠ぅ!!)

チラリと見れば、アリサがそっぽを向いたまま窓越しにこちらを睨(にら)んでいるのが分かった。その視線にどっと冷や汗を掻(か)きつつ、政近は内心絶叫する。

引き攣った笑みを浮かべながら「い、いやぁ、そんなことないんじゃないかなぁ?」と流そうとするが、光瑠の指摘に改めて表紙を見直していた毅が、頷(うなず)きながら追撃を加える。

「たしかに、言われてみれば似てるな」

(おおぉい!!　空気読めよ毅!!)

内心でツッコむ政近だが、先程のようにブリザードが吹き荒れているわけではなく、政近に一点集中でつららが突き刺さっているせいか、二人は全く気付いた素振りを見せずに盛り上がり始める。

「だよね。髪型とか雰囲気とか……茶髪に茶色い瞳(ひとみ)のところもよく似てるし」

「しかも年上。なんだよ政近、お前九条先輩みたいなのがタイプだったのか?」

二人が盛り上がれば盛り上がるほど、政近の頬にドゥスドゥスとつららが突き刺さる。

もちろん、あくまでイメージだが。

(や、やべぇ……ここで返答を誤ったら俺、なんか大変なことになる気がする)

生物としての生存本能が激しく警鐘を鳴らす中、政近はしどろもどろに反論した。

「いや、別にタイプとかじゃ……そもそもマーシャさん彼氏持ちだし」

「つまり、彼氏持ちじゃなかったら狙うんだ？」

「ってか、マーシャさん？　いつの間にさん付けの愛称呼び……ガッツリ距離縮めてんじゃん」

（なんでこんな時に限ってコンビネーションばっちりなんだよお前ら!!）

なんでかと言われれば、政近が普段あまりリアルの女性に興味を示さないからなのだが。学園屈指の美少女であるアリサや有希と、本当にただの友人として接している政近は、密かに友人達から「こいつマジで二次元にしか興味ないんじゃ？」と心配されていた。

そんな政近の恋バナ……とまではいかないまでも、三次元の女性関係の話題に、この二人は安心すると同時に軽くテンションが上がっていた。

政近にとっては、余計なお世話な上にはた迷惑な話だったが。

「いやいや、マジでたまたまだから。マーシャさんをそんな目で見たことは……」

とっさにそこまで言った政近だったが、ここで「ない」と言い切るには、残念ながら思い当たる節が多過ぎた。

政近の正直な部分が、「いやいや大ウソ吐くなや」と思わずストップを掛けてしまう程度には。

「……いや、まあ、うん。付き合いたいとかは、一回も思ってない」

分かりやすく逃げる政近に、毅と光瑠が生ぬるい目になる。
ついでにアリサの視線に蔑みが混じる。まあ、自分の姉に性的な目を向けた男がいれば、誰だってそうなるだろう。

【ケダモノ】

ロシア語での罵倒(ばとう)が、政近の心に突き刺さった。反応できない以上反論もできないので本当にタチが悪い。

「じゃあ、あれだ。周防さんとは付き合いたいとか思わんの？　よく言われるけど、やっぱり幼馴染(おさななじ)みって恋愛対象にならんのか？」

毅が生ぬるい目のまま有希の名前を出した途端、アリサの雰囲気がはっきりと変わったのが分かった。

先程とは別の意味で刺すような視線を頰に感じながら、政近は有希ではなく綾乃のことを思い出しながら答える。

「ならない、というか……そもそもそういう対象として見ようという発想にならないな。あ、言っとくけど俺と有希が付き合うことは絶対にありえないぞ？」

「前にもそんなこと聞いたけど、なんで？」

兄妹だからです。両親を同じくする紛(まが)うことなき実の兄妹だからです。

それが全てなのだが、その裏事情を明かすことは出来ない。ただ曖昧(あいまい)に笑うしかない政近に、毅は気が知れないといった風に首を振った。

「分っかんねぇなぁ……あれだけの美少女。しかも礼儀正しくて性格もよくて、今どき珍しいくらい完璧な清楚系お嬢様なのに」

「あ、うん……」

反射的に「誰だそれ」と言いそうになり、政近は言葉を呑み込んだ。

実際、オタク脳全開な素の有希を知らずに、学園でのお嬢様モードの有希だけを見ればそういう感想になっても仕方ない。

……素の有希を知ってる政近からすると、真顔にならざるを得ない評価だが。

しかし、いくら友人とはいえ勝手に有希の本性を明かすわけにもいかないので、ここは適当に誤魔化す。

「そのお嬢様っていうのがな……一小市民としてはどうも」

「あぁ～……まあ、な」

「でも、そんなこと言ったらこの学園の女子結構厳しくない？　話聞いてみたら実は社長令嬢だった、とか珍しくないみたいだし」

「まあそうだけど……とにかく、付き合うとしたらもっと身の丈に合った相手を選ぶよ。付き合うとしたら、だけどな」

「学生同士の恋愛だろ～？　そこまで考える必要あるかねぇ」

「身の丈に合ったって……中流家庭ってこと？」

「まあ、そうだな……中流家庭で、こう、気安い？　友達感覚で付き合える感じの……」

自然と頭の中で〝あの子〟のことを思い出しながら、特に深く考えずに答える政近。

【つまり、わ、私みたいな？】

（チガウヨ？）

回想シーンに突如割り込んで来たロシア語に、政近は内心闇瑠のような反応をしてしまった。

スンっと真顔になって隣を見れば、そこには頬杖に異様に力が入ったアリサさんの後ろ姿。

よく見たら微妙にプルプル震えているし、よく聞くと歌を口ずさむようにしてまだロシア語で何か言っている。とっさに耳をそばだて……政近の目がスンっと淡色になった。

（『言っちゃった、言っちゃった！　キャーイヤァ──！』じゃ、ねーんだよ。窓越しにニヨってる顔がばっちり見えてるからな？　露出狂も大概にしませんかねぇ。あれか？　ロシア人は日本人に比べて思ったことはっきり言うって聞くけどそれか？　ロシア語だと頭に浮かんだことそのまま言っちゃうのか？　……んなアホな）

頬杖突いてる右手の指を頬に食い込ませながら、口の端を引き攣らせているアリサさん。政近の視線に気付いていないのか、気付いているけど表情が元に戻らなくて振り返れないのか……どちらにせよ、なんだかすごく残念な感じだった。

「政近？　どした？」

「ああいや……そうだな、あと……」

殺の声に政近が回想を再開すると、浮かんだのはあの子の笑顔。顔の細部はおぼろげながら、それでも自然とこちらも笑顔になってしまうような可愛い笑顔に、政近は思わず頬を緩める。

「やっぱり、笑顔が可愛い女の子がいいな」

そう言った瞬間、政近の脳内のあの子の笑顔が、先日見たアリサの笑顔に取って代わられた。

（いやいや、なんでやねん）

慌ててそれを打ち消し、横目で当人の様子を窺うと……

「……」

そこには、ものの見事に硬直したアリサの後ろ姿。それはもう、ピッシーっていう音が聞こえそうなほどキレーに固まっていた。窓に映る表情も言うに及ばず。

「へぇ～笑顔が可愛い子ね～」

「まあ、たしかに笑顔は大事だよね。男女関係なく。目が笑わない人とかうっすらとしか笑わない人って、やっぱり親しみにくい感じするし」

「う、ん……まあ」

政近も光瑠の意見は分かるのだが……光瑠の言葉にアリサの背中がピクっピクっと震えているのを見ると、なんとも賛同しにくい。

（やめたげて。アーリャさんに流れ弾が被弾してるから）

光瑠に悪気はないのだろうが……客観的に見て〝目が笑わない人〟、〝うっすらとしか笑わない人〟というのは、まさに普段のアリサだった。

いや、政近から見ればアリサは割と普通に笑うし、目が弧を描くことこそないものの、目の奥はしっかり笑っているのだが……アリサ本人にその自覚はないらしい。

「で、でもまあ、そういう普段あまり笑わない人がにこって笑うと、かえってすごく魅力的に見えたりするよな。ギャップ萌えって感じで」

政近のフォローに、毅と光瑠も「あぁ～まあ、たしかに」と言いながら頷く。心なし丸まっていたアリサの背筋がちょっと伸びる。

「でも、親しみやすくなるのはその一瞬だけで、すぐまた近寄りがたくなるけど」

「それな。やっぱり普段の態度って大事だよな」

しかし、続く光瑠と毅の言葉にまたすぐへにょった。

（ヤメロォ！　俺のフォローにブローで返すんじゃねぇ！　じわじわ効いてる、アーリャのボディーにじわじわ効いてるから！）

たまらず政近はグッと二人に顔を寄せると、視線でアリサの方を示しながら囁きかけた。

「(おい、お前ら少しは気を遣え。アーリャが傷付くだろうが)」

「(え？　九条さん？)」

「(いや……アーリャ姫はそんなこと気にせんだろ？)」

気にしてる。すんごい気にしてる。なんだったらちょっと泣きそうになってる。だって、窓に映る顔がさっきとは違う意味で唇を引き結んでいるから。笑いじゃなく別のものを堪える表情になってるから。

【いいもん……友達いるから、別にいいもん】

しかも、なんだか健気なことを言い始めている。

正直その様子には政近もグッと来るものがあるというか「ああ、これがギャップ萌えか」なんて思う気持ちもないではなかったが、それ以上に哀れさと申し訳なさで胸が痛かった。

「(とにかく、フォローしろフォロー。午後からの授業、ずっと空気が凍っててもいいのか？)」

「(う、それはやだな……)」

「(そ、そうだね……)」

二人の同意を得て、政近が席に腰を落ち着けてから口を開くと、毅がそれを視線で制してきた。

『政近、ここは俺に任せてくれ』

『毅……出来るのか？』

『任せろ』

『……分かった』

アイコンタクトで意志疎通をし、小さく頷き交わす。すると、毅が自信満々にフッと笑ってから、大きな声で言った。

「まあでも、アーリャ姫くらい美少女ならそんなこと気になんないけどな!!」

「「下手くそか!!」」

ビックリするほど直接的であんまりな言い方に、政近と光瑠のツッコミがハモる。しかし、毅は「え？　なにが？」という表情で目をぱちくりさせるばかり。

そのイラッと来る表情に、政近が苦言を呈そうとし……それより早く、底冷えする声が響いた。

「ふぅん、そう……私のことを、そんな風に見てたの」

「あ、アーリャ……」

政近がギギッと声のした方を振り返れば、つい先程までのちょっと泣きそうになっていた表情はどこへやら。

ゾッとするほど冷たい表情をしたアリサが、一切熱の感じられない瞳でこちらを見ていた。その目に射すくめられ、ようやく自分がやらかしたことに気付いたらしい毅が、ビクッと体を硬直させる。

「ごめんなさいね？　顔しか取り柄のない不愛想で可愛げのない女で」

「あ、いや、そこまでは……」

「やっぱり、さっきの雑誌は没収しておこうかしら」

「え⁉　いや、それは……」

「出しなさい」

「……ハイ」

アリサの圧に屈し、大人しく漫画雑誌を差し出す毅。それをひったくるようにして受け取ると、アリサは荒々しく椅子に腰を下ろした。図らずも教室の空気が凍る中、政近と光瑠は毅にジト目を突き刺す。

「クソが」

「だから毅は彼女できないんだよ」

「ヒドイ！」

冷気が立ち込める教室に、自業自得過ぎる男の哀れな悲鳴が響いた。

◇

時は少し遡り……政近との話し合いを終えた綾乃は、一階上の空き教室を目指して廊下を歩いていた。

足音を立てないよう、かつ出来る限り他人の視界に入らないよう、廊下を行き交う学生の間を縫って歩く。

それはさながら、川面を流れる木の葉が岩を避けるようにするりするりと。そうして誰にも気に留められることなく目的地に辿り着くと、教室の扉を三回ノックした。

「どうぞ」

「失礼します」

綾乃が扉を開けると、電気の点いていない薄暗い教室で、有希が待っていた。

「お兄ちゃんとの話し合いは終わった？」

「はい」

「そう……で、気は済んだ？」

有希の問い掛けに、綾乃は政近とのやりとりを思い返し……その目に、穏やかな光を宿した。

「はい……やはり政近様は、わたくしの敬愛する政近様でした」

「そっか。それはよかった」

珍しく政近への不信と不満を露わにしていた綾乃が、話し合いを経てすっきりとした目をしているのを見て、有希も安心する。

綾乃は普段全く表情を動かさないが、その無表情さは後天的なもので、感情の起伏が薄いわけではない。むしろ、自分達兄妹には非常に強い情愛を抱いていると知っている有希は、綾乃の政近への誤解が解けたことに安堵した。

「暗いですね。今電気を――」

そこで、綾乃は扉の横にあるスイッチで電気を点けようとするが、有希はそれを制止する。

「あ、点けないでいいよ」

「……左様でございますか？」

「うん。下手に目立ちたくないし、何より……」

そこで一拍置き、有希は斜め下を向いて前髪を掻き上げると、キメ顔でカッと目を見開いた。

「暗い方が……かっこいいからね」

「……申し訳ございません。その辺りの〝美〟に関しては、まだ理解が浅く」

「よいよい、これから学んでいけば」

「恐縮です」

有希のただの厨二病発言にも、大真面目に答える綾乃。それに鷹揚に頷いてから、有希は改めて続きを促す。

「それで……お兄ちゃんはなんて？」

「はい。政近様は……九条様と立候補されるというご意志は、変わらないと」

「だろうね。それで？」

「それと……御当主様に、『今回の一件は有希は関係ない。文句があるなら直接自分に言いに来い』とお伝えするように、と」

「へぇ、それはそれは……」

有希はその言葉に、政近が自分を気遣ったのだということを正確に察した。驚きに目を見開いたのも一瞬、有希はニヤリとした笑みを浮かべる。

「言うねぇ……お兄ちゃんも本気ってわけだ」

口笛でも吹きそうな表情で心底楽しそうに笑う有希に、綾乃は大真面目に頷く。

「はい。素晴らしい気迫に、思わず子宮が震えました」

「お、おう。そうか、震えちゃったか」

「はい」

恥じることなど何もないと言わんばかりに平然と頷く綾乃に、有希は笑みを引き攣らせる。

「えぇっと……念のため聞くけど、綾乃ってお兄ちゃんのことが好き……ってわけじゃあ、ないんだよね？」

「恋愛感情という意味であれば、有希様のおっしゃる通りです。わたくしは政近様を有希様と同じくらい敬愛しておりますが、恋愛感情を抱いてはおりません」

「ああ、そう……」

「恋人になりたいなどと、そのような不遜なことは一切考えておりません……道具として使っていただければ、それで充分です」

「お前ただのドMじゃねーか」

綾乃のぶっ飛んだ発言に、有希は思わずジト目でツッコむ。

政近の、綾乃に対する評価は間違っていない。事実綾乃は、情愛が深く心根の優しい少女だ。それは間違いない。

ただ……二人の主に対する行き過ぎた敬愛と本人の性的嗜好が相まって、〝分からせられたい願望〟が振り切れちゃってる部分があるだけで。

政近や有希に命令をされると、ちょっと悦んでしまう部分があるだけで。

本人はそれを純粋な忠誠心によるものだと考えているので、むしろ誇りにすら思っている節があるのだが。

実際今も、綾乃はジト目で見られる理由が分からない様子で、不思議そうに小首を傾げる。

「申し訳ございません。浅学なもので……ドエムとは、なんでしょうか？」

「え？　ああ、超ド級のメイド。頭文字取ってドMだよ」

「ありがとうございます。光栄です。これからも立派なドMになれるよう精進いたします」

「スゲーこと言っちゃったよオイ」

棒読み気味に言う有希に、綾乃はゆっくりと瞬きをしてから言った。

「そうでした……最後にひとつ、お伝えし忘れておりました」

「ん？　なに？」

「政近様はおっしゃっていました。有希様が、この世で最も大切な人間であることに変わりはない、と」

「お、う……」

綾乃の言葉に、有希は突然真顔になると、急に校庭側の窓に駆け寄った。ガララッと窓を引き開けると、すぅっと大きく息を吸い込み――止める。

「有希様？　いかがなさいましたか？」

「……」

綾乃の問い掛けにも答えず、有希は窓枠を掴んだまましばし沈黙すると、バハァっと息を吐き出した。

「あっぶねぇ……思わず校舎の真ん中でお兄ちゃんへの愛を叫ぶところだったぜ」

口元を拭いながら窓を閉めると、有希はやれやれとばかりに首を振った。

「ふぅ……まったく、わたしの可愛いお兄ちゃん様め」

ニヤニヤとした笑みを浮かべながらそう言うと、有希は全身のくすぐったさを吹き飛ばすように勢いよく壁にもたれかかった。

「にしても……そっかぁ、綾乃の追及にも動じずかぁ」

腕を組み、後頭部を壁に押し付けつつ天井を見上げると、嚙み締めるように呟く。

「はい。有希様のことを案じてはいらっしゃいましたが、立候補に関しては一切揺るがないご様子でした」

「そっかぁ、本気なんだねぇ……ふふっ、本気であたしと、戦うつもりなんだ？」

愛する兄が自分と敵対することを選んだというのに、有希の声は心底楽しげだった。

「いいね～面白くなってきたじゃん？　正直アーリャさんだけじゃ相手にならなかったし」

有希の傲慢な言い方に、しかし綾乃も同意を示す。

「そうですね……まだ軽く調べただけですが、それでも一年生の大半が有希様の当選を予想していたようでしたし。九条様に関しては……正直に申し上げて『中等部の頃の周防会長を知らない転校生がなんか無謀なことやってる』といった印象のようです」

「あっはっは、容赦ないね。まあね～実際あたしの支持層は盤石だしね～……さぁて、お兄ちゃんはこの状況をどうひっくり返すつもりなのかな？」

目を爛々と輝かせ、口の端を吊り上げて笑う有希。その笑みは、いっそ獰猛と評してもいいくらいに強烈なものだった。

「楽しそうですね」

「楽しいよ。だって、あの天才と……周防家の神童と、本気で戦えるんだよ？　楽しくないわけがないでしょ」

壁から背を離し、有希は踊るように両腕を広げた。

「今まであたしが何をやっても勝てなかったあのお兄ちゃんが、アーリャさんという強力なパートナーと共に、本気であたしに挑んでくる。心躍るよ。それでこそやりがいがあるよ。いいよ、全力で相手してあげる！」

ギュギュッと力強く両手を握って宣言すると、有希は綾乃に視線を向けた。

「協力してもらうよ、綾乃。お兄ちゃんに、本気の本気を出してもらうためにね」

「畏まりました。微力ながら、お手伝いさせていただきます」

主の求めに、綾乃もまたその瞳に強い光を宿して応える。

それに満足そうに笑うと、有希は綾乃に背を向け、窓の方を向いてふーっと息を吐き出した。

「ところで綾乃」

「なんでしょうか、有希様」

小首を傾げる綾乃に、有希は肩越しに振り返り……キリッとした表情で、問い掛けた。

「今のあたし、滅茶苦茶ラスボスっぽくない？」

第6話 オタクだったら一度は憧れると思う

放課後、生徒会室では政近と綾乃の歓迎会が行われていた。

実はメニュー数こそ少ないものの夜も開いている学食で、かなり早めの夕食を軽く済ませた後、生徒会室に移動してお菓子とジュースで歓迎会という流れになり、今は二組に分かれて交流を深めている。執務用のテーブル席に残っているのが、政近と統也と茅咲。残りの四人は来客用のソファ席に移動してトランプに興じていた。もっとも、実際にプレイしているのはアリサと有希の二人だけだったが。

歓迎会が始まった当初こそ、どこかぎこちない雰囲気が漂っていた（というか、アリサが一方的に距離感を測りかねてる感じだった）二人だが、有希が積極的に話し掛けたことで徐々に打ち解け、今では仲良くポーカーをしていた。

「っ！」

「ふふふ、フルハウスです」

「ジャックのワンペア」

「……フォールド。降りるわ」

「あら、そうですか？　わたくしはブタだったのですが、ハッタリをかましてみるものですね」

「えっ⁉」

「あらあらアーリャちゃん、残念だったわね〜」

　一人一袋ずつ配られた、小袋に入ったスナック菓子を賭けてポーカーをしているのだが……やはり経験値の差なのか、今のところ有希が圧勝している。アリサの小袋の中身は、もう八割方有希の下に移動していた。

　その様子を見てマリヤがほわんほわんと笑い、八つ当たり気味にアリサに睨まれている。

　一方、綾乃はいつも通りの無表情のまま、アリサと有希の間に立って淡々とカードを配っていた。驚くほど自然にディーラーとして馴染んでいる。なんという従者力。

「前にボードゲームをやった時も思ったが……やはり、テーブルゲームでは周防の方が一枚上手みたいだな」

　茅咲と並んでその様子を見ていた統也の評価に、政近も頷く。

「まあ、流石は外交官の家系というか……ああいう駆け引きは有希の得意分野ですからね」

「う〜ん……それもあるけど、単純にアーリャちゃんが分かりやす過ぎるんじゃない？」

「更科先輩……俺が思っても言わなかったことを！」

茅咲の身も蓋もない評価に、政近は机の上で崩れ落ちる。

「え、あ……なんかごめん」

「いえ、まあいいんですけど……アーリャが全然ポーカーフェイス出来てないのは事実ですし」

「お前も容赦がないな、久世」

「いや、だって……ねぇ？」

椅子の背に腕を載せて振り返ると、ちょうど綾乃にカードを配られたアリサがピクッと眉を跳ね上げて、キュッと唇を引き結ぶところだった。

数秒考えた後、強気にベットするが、すぐさま有希に倍プッシュでレイズされてフォールド。ちなみに、役は二人ともブタだったが、手札のカードの強弱でアリサが勝っていた。

「……そりゃ、あんな顔してたら手が弱いことくらい見抜かれるわな」

「九条妹は意外と表情に出るんだな。姉よりもずいぶん感情の起伏が薄い印象だったが……ふむ、こうなるともしかしたら、九条姉の方が表情が読みにくいかもしれん」

「ああ……たしかに」

ふわふわとした笑みを浮かべながら勝負の行方を見守っているマリヤを見て、政近も頷く。そこに、茅咲が苦笑いを浮かべながら同意した。

「あたしはもう一年以上の付き合いになるけど……正直、あの子の考えは読めないなぁ。

基本的にはまさに〝聖母〟って感じのすっごい良い子なんだけど、時々な～んか不思議な言動するんだよねぇ」

「……独特の感性してますよね」

「というか……天然？」

「思っても言わなかったことを！」

またしても容赦のない言い方をする茅咲に、政近はずっこける。そんな政近を見て、統也が愉快そうに笑った。

「いい反応するなぁ、久世」

「はは……ところで、会長ってなんでアーリャとマーシャさんのことをそんな呼び方するんですか？」

「ん？」

「いや九条妹、九条姉って……」

「ああ……」

政近の疑問に統也は顎（あご）を撫（な）でると、ニヤリとした笑みを浮かべて返す。

「なんと言うか……かっこよくないか？　大物感がして」

「……え？　そんな理由？」

あまりに予想外な理由に、思わず政近は素で反応してしまう。しかし、統也がちょっとシュンとしてしまったので慌ててフォローした。

「あ、いや！　かっこいいとは思いますよ！　いいですよね！　名前プラス兄弟って呼び方！　分かります！　ただ、その……そんな真面目な顔して言われると思わなかったんで」

「ああ、うん。そうか……分かってくれるか」

政近のフォローに、咳払い(せきばら)いをして気を取り直す統也。そこへ、茅咲がニヤニヤとした笑みを浮かべながら茶々を入れた。

「そんなこと言って、単に女の子の名前呼ぶのが恥ずかしかっただけでしょ～？」

「う、ん……まあ、そういう話もあるような？」

「あるんかい」

恋人の指摘に視線を泳がせる統也に、政近は思わず関西弁でツッコむ。すると、統也は無駄にキリッとした顔で政近に言った。

「むしろ俺としては、あの九条姉妹を普通に愛称呼びしているお前に驚きを隠せん」

「コミュ障な陰キャみたいなこと言わないでくださいよ……」

「久世……忘れるな。俺は一年前まで、女子とマトモに口も利いたことがないクソ陰キャだったんだぞ？」

「そう言えばそうでしたね！」

「統也はまだ陽キャ歴短いもんね～？　あたしの名前呼べるようになるのにもずいぶん時

間が掛かったしぃ～？」

「そうだな。まあ他の女子を名前呼びする予定はないし問題はないが」

「ん……なによ急に、もう！」

「ハハハ……照れ隠しが強い、照れ隠しが強い！」

ドスドスと打ち込まれた茅咲の肘打ちに脇腹を押さえつつ、乾いた笑いを浮かべる統也。

その二人の背後に、音もなく綾乃が立った。

「更科様。お飲み物はいかがですか？」

「うわぁっ!?」

背後から掛けられた声に、茅咲は大袈裟なほどに肩を跳ねさせて振り返ると、綾乃を見て引き攣った笑みを浮かべる。

「あ、あはは……すごい気配の消し方だね。あたしが背後を取られるなんてなかなかだよ？」

「どこの剣豪ですかあなたは」

「いや久世、茅咲は実際剣豪だぞ？　まあ、どちらかと言うと拳と書いて拳豪だが」

「なんという世紀末的な響き」

政近が棒読み気味にそう言ったところで、茅咲にジュースを注いだ綾乃が窺うように小首を傾げた。

「いや、俺はいい。まだあるし」

「左様でございますか。剣崎様は……？」

「ん？　ああ、ありがとう。じゃあもらおうか」

綾乃の視線を受け、統也はコップの中身を飲み干すと、空になったコップを綾乃に差し出した。そこへ、綾乃がジュースを注ぐ。一応炭酸飲料なのに、ほとんど泡が立たないのは流石と言うべきか。

「ありがとう。それにしても……本当に見事なものだな。周防の従者らしいが、音を立てないようにするのも従者としてのスキルなのか？」

「はい。祖父母から習ったものです」

「ほう？」

「会長、綾乃の祖父は有希の祖父の秘書で、祖母は有希の家の使用人なんですよ」

政近の説明に、統也と茅咲が興味深そうにする。

「へぇ、そうなんだ。じゃあ、ご両親も？」

「いえ、わたくしの両親は会社員です」

「え？　そうなの？」

「はい。わたくしが有希様の従者となったのは、わたくしが祖父母に憧れて望んだことなので。特に我が家の家業というわけではございません」

「ふ〜ん……ちなみに、いつ頃から従者やってるの？」

茅咲の問い掛けに、綾乃は表情を動かさずに視線だけ上の方に巡らせる。

「そうですね。明確にいつから、というのはないですが……わたくしが従者になることを決めたのは、たしか小学二年生くらいだったかと」

「早くない⁉」

「それだけ、祖父母が憧れでしたので……それに、まさ……しく主にふさわしい方でしたから。有希様は」

「ふぅん」

途中不自然な間があったが、統也と茅咲は特に気にした様子もなく頷く。

「綾乃、ちょっと」

軽く眉をひそめた政近が手招きすると、綾乃は大人しく政近の側に寄る。そして、失言し掛けたことを小声で謝罪した。

「（申し訳ございません。政近様）」

「（いや、そこはまあ気を付けてくれればいいんだけど……その……）」

「（……？）」

お前、もう怒ってないの？　と、問い掛けようとして……綾乃の真っ直ぐな瞳を見て、政近は言葉を呑み込んだ。

なぜなら、その瞳にはっきりとK・I（敬愛）と書かれていたから。昼休みの冷たい目はどこへやら、もう完全に忠誠心MAXの目をしていたから。

（こいつやべぇ、目がキマり切ってやがる……なんでだ？　一体どこで好感度上がったんだ？）

上げた覚えもないのに好感度と忠誠度がMAXになっていることに、政近が内心頭を抱えたところで……統也が話を戻した。

「それで、音を立てないのは従者のマナーなのか？　主の気を散らさないように……ってところか？」

「はい。祖父母には常々言われておりました。使用人たるもの、空気となることを心掛けるべきだと」

「……ん？　それ、なんか意味違くない？」

茅咲の疑問に、内心同意する政近。

実際、綾乃の祖父母の真意は違った。気配を消すこと自体は確かに間違っていないが、正確には「そこにいることを意識させることなく、主にとって快適な環境を整えるよう心掛けるべき」ということを言いたかったのだ。だが……幼少期の綾乃は、その言葉を字面通りに受け止めた。「なるほど、空気ですね！」と。

そしてそれ以来、綾乃は空気に徹するようになった。音を立てないよう慎重かつ丁寧な立ち居振る舞いをし始めた最初の頃は、「おやおや、私達の真似をしてるのかな？」「あらあら、可愛らしいメイドさんね」なんて微笑ましく見守っていた祖父母も、綾乃がいつしか表情すら動かさなくなって「あれ？　なんかおかしいぞ？」と思ったのだが……その頃にはもう遅かった。

　とりあえず、孫に微妙に誤った認識を植え付けてしまった祖父母は、綾乃の両親である息子夫婦に平謝りした。しかし、綾乃本人が満足そうにしていたことと、既にこの頃若干厨二病を罹患していた有希が「無表情メイド可愛い！」とひどくお気に召したことで、両親も何も言えなくなってしまった。

　そして、綾乃はそれからも微妙にずれたメイド道を歩み続け……今に至る。一応将来的には有希の秘書となることを希望しているのだが、最近は隠密力が上がり過ぎてくのいちでも目指してるのかと思うような域に達していた。

「あ、綾乃ちゃん。わたしにもジュースもらえるかしら～？」

「これは失礼いたしました。マリヤ様」

　そこへ、空のコップを持ったマリヤがやってきた。

「アーリャちゃんに、うるさいって怒られちゃった」

　ぺろっと舌を出しておどけながら、マリヤは政近の隣に座る。振り返ると、眉根を寄せたアリサが真剣な表情でカードを睨んでいた。その手元に残されたお菓子は、あと三個。

どうやら最終局面らしい。

「おいおい……大丈夫か？　喧嘩にならないだろうな？」

その緊迫した空気に統也が懸念を示すが、それに対し政近とマリヤは同時に肩を竦めた。

「大丈夫でしょう。あれでもアーリャ、ずいぶんと楽しんでるみたいですし」

「楽しんでるっていうか……はしゃいでるわね～珍しく」

「ですよね」

「あらぁ、分かる？」

「分かります」

顔を見合わせ、小さく笑みをこぼし合う二人。その対面に座る統也と茅咲は、「はしゃいでる……？　あれが？」と不信感を丸出しにして首を傾げていた。

しかし、政近にはアリサがちょっと見たことないレベルではしゃいでるのがよく分かった。恐らく数年ぶりに出来たのであろう同年代同性の友人相手に、滅茶苦茶ゲームを楽しんでいるのが言動の端々から窺えた。

例えば、自分の残り少ないお菓子を見る目。あれは負けそうなことに焦る目というより、もう少しで勝負が終わってしまうことを惜しむ目だった。「もっと遊びたいのに！　このままじゃゲームセットになっちゃう！」って目だった。

（〝孤高〟、とは……？）

アリサに与えられた二つ名を思い浮かべ、生ぬるい目になってしまう政近。いや、政近は最初からアリサがそんな近寄りがたい存在だとは思っていなかったが、こうして普通にトランプを楽しんでいる姿を見ると、やはりなんとも言えない気分になってしまった。

「あら〜ちょうどなくなっちゃった？」

マリヤの声に政近が振り返ると、綾乃の持つペットボトルが空になっていた。すぐに替えを持ってこようとする綾乃だが、既に買い込んでいたジュースが全て空になっていることに気付き、動きを止める。

「それじゃあ、ちょっと下の自販機で買って来ようかしら？」

「それではわたくしが……」

「いいのいいの、綾乃ちゃんは今日のヒロインなんだから」

「？」

謎のヒロイン発言に綾乃のみならず統也や茅咲も首を傾げる中、政近はなんとかその意味を推測した。

「ええっと、俺とお前が一応この歓迎会の主役だから、女のお前はヒロインってことじゃないか？」

「そういうこと〜。じゃあヒーローさん、エスコートよろしくね？」

「なんでや」

推測できたところで、マリヤの考えは想像の埒外だった。しかし、たしかに缶ジュースを一人で人数分持つのは大変だと思い直し、綾乃を制して席を立つ。そして、主に違う席にいるアリサと有希に向かって声を掛けた。

「ちょっと下の自販機で飲み物買ってくるけど何がいい？」

「俺はサイダーで頼む」

「コーラ……いや、やっぱりジンジャーエールで」

「えっと、わたしはレモンティーで」

「わたくしはカフェオレをお願いします。あ、白色じゃなくて茶色の方で」

「おしるこをお願い」

「わたくしは水で結構です」

「いや、聖徳太子じゃないんだからそんな一遍に……あと、マーシャさんは言わなくていいでしょ。一緒に行くんだから」

「あ、そうね〜」

うっかりといった感じで笑うマリヤに苦笑しながら、統也が改めて注文をまとめようと何か書くものを探すが、それより先に政近が口を開いた。

「はぁ……えっと、サイダーにジンジャーエールにレモンティー。あと茶色のカフェオレにおしること水ね。りょ〜かい」

「「え？」」

　上級生二人とアリサの驚いた顔に見送られながら、政近はマリヤと生徒会室を出た。廊下に出ると、人感センサーが反応して廊下の照明が点灯する。夕暮れに赤く染まる校庭を横目に少し歩いたところで、マリヤが落ち着いたトーンで政近に語り掛けた。

「改めて、ありがとうね？　久世くん」

「なんですか？　いきなり」

「アーリャちゃんを助けてくれたこと。アーリャちゃんと一緒に立候補するって決めてくれたこと。……アーリャちゃん、きっとすごく嬉しかったと思うから」

　そう語るマリヤはまさしく〝聖母〟と呼ばれるにふさわしい慈愛に満ちた表情をしていた。

「それは別に……マーシャさんにお礼を言われるようなことじゃ……」

「あら、もちろんお礼を言うことよ？　ずっと頼る人がいなかったアーリャちゃんを、支えてくれる人が現れたんだもの」

「はあ……」

　いつものふわふわとした笑みではなく、落ち着いた優しげな笑みを浮かべるマリヤに、政近は自然と足を止め、言葉を漏らしていた。

「もしかして……」

「うん？」

「あ、いや……」

半ば無意識に言ってしまってから、こんなことを訊いてしまっていいのかと躊躇する。しかし、立ち止まってこちらを振り向いたマリヤの優しい視線に促されるように、気付けば政近は質問の続きを口にしていた。

「もしかして、ですけど……マーシャさん、アーリャの前ではわざと真面目なところを見せないようにしてます？」

政近の問い掛けに、マリヤは虚を衝かれた様子でゆっくりと瞬きをする。

そして、窓の外に視線を向けると、ハッとするほど大人びた笑みを浮かべた。

「わたしね、アーリャちゃんと競いたくないの」

返ってきたのは、パッと聞いた感じ答えになっていないように思える言葉。しかしその言葉に、政近は「ああ、やはり」と得心した。二人だけの廊下に、マリヤの独白が流れる。

「アーリャちゃんはすごく頑張り屋さんで、いつだって一生懸命で……そんなアーリャちゃんが、わたしは大好きなの」

「……だから、アーリャに競争相手と見なされないよう……のんびり屋の姉を演じている、と？」

真っ直ぐに核心を突く質問に、しかしマリヤはくすくすと笑う。

「演じてるわけじゃないわ。いつも肩肘張って生きてたら疲れちゃうでしょう？　適度に力を抜かないと……まあ、アーリャちゃんの前であえてゆるゆるになっていることは否定しないけどね？」

「ハハハ……ゆるゆる、ですか」

「ふふっ、だってアーリャちゃんが甘えさせてくれるんだもの。ゆるゆるしちゃうのも仕方ないでしょ～？」

「……なるほど？」

普通姉妹逆じゃないかなぁと思いながら、苦笑を浮かべる政近。

（まったく、どこまで本気なのやら）

しっかりしてるのかゆるいのかよく分からない先輩に、後頭部を掻きながら天井を見上げる。そこへ、マリヤの囁きが届いた。

「アーリャちゃんを、一人にしたくないの」

視線を下ろすと、そこにはドキッとするほど真剣な表情をしたマリヤがいた。ただ真っ直ぐにこちらを見つめるその眼差しに、政近は息を呑む。そこでマリヤはふっと表情を緩めると、独り言のように言った。

「姉妹に限らず……兄弟って、すごく難しいわよね。誰よりも近くにいる存在だけど、だからこそお互いを意識せずにはいられない」

「……ああ」

それは、政近にとっても痛いほどによく分かることだった。……生まれた家を捨てた、政近には。母を憎み、祖父に反発して、あの家を飛び出した。そして、飛び出したその先で……自分が空っぽであることに気付いた。

何もやりたいことがない。何になりたいわけでもない。妹に全てを押し付けて、自由の身になったくせに。

このままじゃダメだ。何かしないといけない。あの家で出来なかった何か、本当に自分がしたい何かを。でないと、なんのためにあの家を出たのか分からない！

……焦る気持ちはあった。でも、結局ダメだった。な～んにも心が沸き立つものがない。自分は所詮、一時の感情に任せて家出をし、引っ込みがつかなくなったただのガキに過ぎなかった。

そんな兄の跡を継ぎ、周防家の長子として立派に成長していく妹。無駄に恵まれた才能を活かすこともなく、ただ静かに腐っていく自分。才能の持ち腐れ。やろうと思えば何でも出来るくせに、何もやろうとしない存在意義欠落人間。

そんな空っぽでクズな自分と、家族に限りのない愛情を持って努力し続ける妹を、どうしたって比べずにはいられない。

それでも劣等感に苛まれずに今でも仲の良い兄妹でいられているのは、偏に妹の尽力によるものだった。

妹が今も昔も変わることなく、真っ直ぐに好意を伝えてくれるから。周防政近も、久世政近も、どちらも大好きなお兄ちゃんだと。そう恥ずかしげもなく伝えてくれるから、政近もまた妹を可愛がる兄でいられる。

そうでなければ……政近はきっと、有希と距離を取っていただろう。

（本当に、よく出来た妹だよ）

そう思うと同時に、ふと気付いた。有希が自分の前で見せるオタク全開のぶっ飛んだキャラは……あれもまた、兄に引け目を感じさせないよう、わざとおバカな妹を出しているのではないか……

（いや、あれは間違いなく素だな）

考え過ぎだと思い、同時にそういった面も多少あるのかもしれないとも思う。そう考えると、妹の前でゆるんだ一面を見せるマリヤの考えが、少しは分かった気がした。

別に演じているわけではない。好きだからこそ……好かれたいからこそ、隠したい面もあるというだけのこと。多くの人が、好きな人の前ではかっこいい自分でいたいと思う。それが、マリヤの場合はたまたま逆になってるだけなのだ。

「マーシャさんは……いいお姉さんなんですね」

「ふふ～ん、そうなの。わたしは、こう見えて実はいいお姉ちゃんなのよ～」

得意げに胸を反らし、むふ～んとドヤ顔をするマリヤ。しかし、すぐに悪戯（いたずら）っぽい笑みを浮かべると、片目を閉じて唇の前に指を立てた。

「今の話、アーリャちゃんには内緒ね？」

今まで見たことのないマリヤの蠱惑的な仕草に、政近の心臓が跳ねる。そんな自分を誤魔化すように、政近は皮肉っぽく笑った。

「……言いませんよ。言っても信じないでしょうし。自分の姉が、実は真面目な大人だなんて」

「あら、それはだいぶ過剰評価じゃないかしら？　わたしがアーリャちゃんよりもだいぶゆるいのは事実よ？　それに……」

困ったような笑みから一転、マリヤの全てを見透かすような目が、政近を貫く。

「真面目な一面を隠してるのは、久世くんも一緒でしょう？」

「……」

マリヤのその指摘に、政近はとっさに誤魔化そうとして……すぐに無意味だと悟り、肩を竦めた。

「……俺の場合、マーシャさんみたいに大層な理由じゃないですから」

誰かのためじゃない。へらへらといい加減でふざけた態度を取っているのは、全ては自分を守るためだ。

「結局のところ、自分が可愛いんですよ。俺も」

マリヤの理解が得られることを期待せず、脈絡のない言葉を自嘲気味にこぼす。

政近は、自分がクズだということを自覚しているし認めている。だが、それでもそんな自分を人に知られるのは怖いのだ。

自分のクズな本性を気付かれないよう、ふざけておどけて、誤魔化しているだけ。クズだって思われるよりは、いい加減で能天気なおバカだと思われていた方が楽だから。誰にも本気で向き合わず、自分の深いところに触れさせないようにしてきた。

そうやって、自分のちっぽけなプライドを守っているだけだ。そんな風に生きているからこそ……自分を偽らず、真っ直ぐに生きている人間が、どうしようもなく眩しい。彼らと同じように生きられない自分が、つくづく嫌になる。

「……ま、要するに自分が楽したいから、誰にも頼られないよう不真面目キャラ貫いてるだけですわ。気にせんでください」

そうして今日も、おどけて誤魔化すのだ。踏み込ませないよう、気付かれないよう。

そもそも、どうしてこんな話をしてしまったのか。今まで家族にだって、自分の本心をさらけ出したことなんてそうそうなかったのに。

(なんでだ……なんか、マーシャさんが相手だと妙にガードがゆるくなる……)

これもある種の包容力なのだろうか？　まだ知り合って間もない先輩に本心の一端を覗かせてしまったことを後悔しつつ、政近はへらっとした笑みを浮かべて視線を逸らした。

そんな政近に、マリヤは静かに歩み寄ると……そっと手を持ち上げた。

「よしよし」

「っ⁉」

「頑張ってる頑張ってる。大丈夫。……久世くんは、大丈夫よ」

政近の頭をぽんぽんと撫でながら、優しく言うマリヤ。

「っ、俺は、別に……っ」

頑張っていない。そもそも、何が大丈夫なのか。

とっさに浮かんだ思い。そのどちらも、言葉にはならず。政近はただ俯いた。

どうしようもなく胸が震えて、言葉が出てこない。不思議と心を解きほぐされる優しくどこか懐かしい感触に、少しでも気を抜いたら涙がこぼれてしまいそうで……政近は、歯を食いしばって耐えるしかなかった。

「男の子だものね～……えらいえらい」

そんな政近を、マリヤはどこまでも優しい目で見つめていた。まるで、傷ついた子供を慰めるように。ぐずる赤子をなだめるように。

それからしばらくして、政近は俯けていた頭を居心地悪そうに動かした。すぐにその意図を察し、手を離すマリヤ。

「……なんかすみません」

「いいのよ〜。わたしは先輩で、久世くんは後輩なんだから。ふふっ、むしろ生徒会で初めて先輩らしいことをした気がするわ〜。アーリャちゃんも有希ちゃんもすごくしっかりしてて、なかなかわたしに先輩らしいことをさせてくれないんだもの」

「ハハ、そうですね」

いつも通りのふわふわとした笑みを浮かべながら、不満そうに頰を膨らませるマリヤ。いつも通りの態度を取ってくれる先輩の気遣いに感謝しつつ、政近も微苦笑を浮かべた。

「まあ、俺も……あまり、こういうとこは見せないようにします」

「あらそうなの？　もっと先輩に甘えてくれてもいいのに」

「いや、俺にも男としてのプライドってもんがですね……それに、彼氏さんにも悪いですし」

「ん……まあ、そうよね〜……でも、大丈夫。彼、このくらいで怒るような人じゃないから！」

「はあ……」

ふんすっと胸を張るマリヤに、政近は曖昧（あいまい）に頷（うなず）く。果たしてその言葉は、真に受けていいものなのか……。

「……そろそろ行きましょうか。あんまりのんびりしてると、みんなのど渇いちゃう」

「そうですね」

マリヤの言葉に頷き、政近は一旦考えを保留すると、改めて一階にある自販機に向かった。そして全員分の飲み物を購入すると、二人で缶を抱えて生徒会室に戻る。

「お、戻ってきたか。遅かったな」

「ええ、ちょっと……」

「ごめんね～？　久世くんとお話が弾んじゃったのよ～」

「そうか？　まあいい。ちょうど準備が終わったところだからな……」

生徒会室の扉を開けると、統也が何やら不敵な笑みを浮かべて待っていた。

「準備？」

政近が首を傾げると、統也はますます笑みを深め、もったいぶった態度で言った。

「ああ。この生徒会伝統の、最高の知的遊戯の準備がな……」

◇

「……って、麻雀ですか」

生徒会室には、少々場違いな雀卓が置かれていた。しかも結構年季が入っている。それを囲む華やかな女性陣。ただでさえ場違いな雀卓が、そのせいで更に浮いていた。

統也もそれを自覚しているのか、牌を掻き混ぜながら苦笑を浮かべた。

「言っておくが、歓迎会で麻雀をやるのが伝統だというのは本当だぞ？」

「はあ……俺は一応出来ますけど、他の皆さんは麻雀やれるんですか？」

政近が周囲の女性陣を見回すと、女性陣はそれぞれに反応を見せる。

「あたしは出来るよ。家族でやるし」

「並べるくらいなら出来るわよ？」

「わたくしも、並べるくらいなら」

「すみません、私は分からないです……」

「一通りは出来ます」

意外と、出来る人が多かった。とりあえず「並べるくらいなら」とかほざいているネット麻雀六段の妹にジト目を突き刺しつつ、どういうメンバーでやるか考えていると、統也がさっさとチーム編成をしてしまった。

「よし、じゃあ伝統通りにそれぞれのパートナーで組むぞ。俺と茅咲、周防と君嶋(きみしま)、久世と九条妹。九条姉は一人になるが、そこはいいか？」

「いいわよ～賑(にぎ)やかし要員ね？」

「いやいやマーシャ、それ自分で言っちゃう？」

「だってわたし、基本的なルールしか知らないもの」

ゆる～い感じで笑いながら席に着くマリヤに苦笑しながら、政近はアリサに視線を向けた。

「えぇっと、じゃあとりあえず俺がやりながら簡単に解説するから、後ろで見ててくれるか？」

「分かったわ」

政近が統也の正面の席に着くと、右隣に綾乃が座る。どうやら有希は、一日高みの見物を決め込むつもりらしい。

「それじゃあ、始めるか。閉校時間まであまり時間もないから、半荘一回勝負だな。ああ、それとこれも伝統なんだが……」

そこで統也は、ニヤッとした笑みを浮かべた。

「トップを獲った組は、残りの三組になんでもひとつ命令をすることが出来る。ああ、もちろん常識の範囲内で、だがな？」

「なんですと？」

パートナーがずぶの素人というハンデを背負う政近がピクッと眉を跳ね上げるが、意外にも他の女性陣は乗り気だった。

「いいね！　それくらいの罰ゲームがあった方が面白いし！」

「まあ、このメンバーなら無茶なことは言われないと思うし、いいわよ～」

「わたくしも構いませんよ」

「有希様のご意向のままに」

こうなると、負けん気の強い我がパートナー様が、どういう反応をするかは推して知るべしで……

「私もそれでいいです」

「お前ゴリゴリの初心者やん……」

予想通りの答えに力なくツッコむが、背後を振り返るとアリサは負ける気など毛頭なさそうな強気の表情をしていた。

（なんでそんな真っ直ぐな目が出来るんだ……）

内心ぼやきつつも、政近は不承不承ながら頷いた。

「はあ……じゃあ俺もそれでいいです。ちなみに、その命令ってのは勝った組の一人につきひとつじゃなく、一組でひとつですよね？」

「そうだ。まあ一人ひとつにすると、万が一九条姉が勝った時に不公平だしな」

「万が一って言っちゃったよ」

マリヤ、統也に端から戦力外扱いされていた。本人は全く気にしてなさそうな顔で笑っているが。

「あ、そうだ会長。細かいルールはどうなってます？」

牌を手元に集めながら政近が問い掛けると、統也が慣れた手つきで牌を積みながら答えた。

「ん……そうだな。三万点持ちスタートの、赤ドラあり、鳴きタンあり、後付けあり、上がり止めあり、ダブロントリロンあり、ダブル役満トリプル役満もあり……ま、なんでもありだな。あ、トビ終了だけはなしだが」

「ははあ……分かりました」

「よし、じゃあ……茅咲、先にやるか！」

「え？」

完全に観戦に回るつもりだったのか、茅咲が虚を衝かれた表情で瞬きをする。しかし、それは政近も同じだった。

「あれ？　会長先にやらないんですか？」

「フッ、ヒーローは遅れて登場するものなんだよ」

「あ、ハイ」

そんな感じで、いよいよ麻雀が開始されたのだが……

（いや、なにこのメンツ）

政近以外のメンバー全員美女。前も左右も圧倒的華やかさ。その中にモブ男が一人。

（こんなん完全に脱衣――）

「久世君？」

「えっと、そうだな。今サイコロでマーシャさんが親に決まったんだけど、この親っていうのは上がると多めに点数がもらえてもう一回継続して親が出来るっていう──」

オタク特有の不埒な想像が頭をよぎった途端、背後からひんやりとした冷気が押し寄せてきて、慌てて説明を開始する。

背後からの冷たい視線と右斜め前からの全てを見透かしたようなニヤニヤとした視線を無視し、政近は説明を続けた。

「まあ、基本的には同じ牌を二枚。それに加えて、連続した牌三枚か同じ牌三枚を合わせて四セット。計十四枚が揃えば上がりって考えればいいよ」

「申し訳ございません。ツモりました」

「あ、今綾乃が上がったろ？　ああやって当たり牌を自分で引き当てるのがツモ、他の人が出した牌で上がるのがロンだ」

流石にアリサは呑み込みが早く、四戦目には大体のルールを理解していた。

「トビ終了っていうのは？」

「点棒がなくなるのがトビ。誰かがその状態になった時点で対局終了になるルールもあるんだけど、今回はそれはなしってこと。やったね！　借金まみれになっても最後までやれるよ！」

「……それはいいことなの？」

「まあ、最後まで逆転の余地があるって考えれば……その一方で、これが賭け麻雀だったらリアル借金地獄になる危険性もあるけど」

「賭け麻雀って……やったことあるの？」

「あ、それポン」

「久世君？」

結局、四戦目が終わったところで政近はアリサと交代した。この四戦は綾乃と茅咲が二回ずつ上がり、点数的には綾乃、茅咲、政近、マリヤの順で並んでいた。

（綾乃はやっぱり堅実だな、シンプルに上手い。更科先輩は典型的な押せ押せタイプ。マーシャさんは……本当にルール分かってるのか？）

適宜アリサにアドバイスをしながら対局を進めていくが、やはり流れと勢いがあるのか、茅咲と綾乃が競うように上がりを拾って親が一巡。南場に入ったところで、茅咲が統也と、綾乃が有希と入れ替わった。

替わってすぐに有希が大物手を上がり、統也に親が回ったところで、今度は統也が三連続で上がった。それをアリサの後ろで見ていて、政近は思った。会長……ヤってんな、と。

（ああ、なるほど……なんでもありっていうのはあれか。イカサマもありってことか）

政近が見たところ、統也がやっているのは積み込みとツモのすり替え。あらかじめ自分の前の山に有用な牌を積み込んでおいて、それを適宜ツモ牌とすり替えているのだ。

「おっと、またツモだ」

「統也、すごい！」

「ハッハッハ、これが会長の威厳というやつだ」

茅咲の称賛を、気持ちよさそうに受け止める統也。だが、よく見ると表情に若干陰りがある。なんとな〜く後ろめたそ〜な雰囲気が漂っている。

（ああ、やっぱり更科先輩は知らないのか。だから、後ろから見られてもバレにくいイカサマをしてるんだな）

政近が納得したところで、統也もまたイカサマを感付かれたことを察した。

（気付いたか……久世。流石だな。周防に気付かれたのは少し意外だが……悪く思うな、これも生徒会の伝統だ）

そう、実はこれ。本当にこの征嶺学園（せいれいがくえん）高等部生徒会の伝統だった。

一年生が入会した際の歓迎会で、なんでもありのイカサマ麻雀で会長と副会長が一年生をボコる。そうすることで、「これくらい出来なければ会長選は勝ち残れないぞ！」ということを、経験者である先輩自ら教え込む……という建前の、はっきり言ってしまえば伝統ではなく悪習だった。

（フフフ……俺も、去年は『これも勉強だ』とか言われて、一カ月間生徒会終わりに学園の周りを十周させられたものだ……）

イカサマで散々にボコられた挙句、ＰＴＡがざわつきそうな命令をされた過去を思い出し、暗い笑みを浮かべる統也。まあ、そのおかげで体重は落ちたし根性も付いたし、なんだったら今でも自主的にランニングは続けているが……それはそれだ。

「勉強」と言いながらそのランニングには二人も付き合ってくれていたし、一カ月やり切った時には「よく頑張ったな」って言ってくれてちょっと泣いてしまったりもしたが、それはそれなのだ。まったく、いい先輩達だなこんちくしょう！

（見ていてくださいよ、会長、副会長……会長職を継いだ時、お二人から受け継いだこの技で……後輩達にも、生徒会長の偉大さを見せつけてやりますよ！）

なんだか変なテンションで、五連続の上がりを狙う統也だったが——

「あっ、ロ、ロン！」

有希が切った牌に、アリサが慣れない様子で上がり宣言をする。

「あら……えっと、リーチドラのみ、二千六百点ですか」

有希が点数計算をすると、アリサは思ったより低い点数だったのか、少し残念そうにしながらも笑みを浮かべる。

「ふふっ、これでポーカーの借りを少しは返せたかしら？」

「そうですね、これはやられました」

有希が眉をハの字にして笑いながら点棒を差し出すと、アリサはふふんっと得意げな笑みを浮かべて政近を振り返る。

「おう……初上がりおめでとう」

「ありがとう」

政近の称賛に、上機嫌にファサッと髪を払うアリサだったが……

（アーリャ……今のは有希の差し込みだぞ？）

全てを分かっている政近は、微妙な笑みでアリサの横顔を見つめる。

いや、政近だけではない。アリサとマリヤ以外の全員が、実のところ同じ認識だった。有希は、アリサが安手であると読み、その当たり牌まで完全に読み切った上で、統也の親を止めるためにわざとアリサに振り込んだのだ。気付いていないのは初心者の九条姉妹だけ。

「アーリャちゃん、おめでとう」

「ありがとう。マーシャも頑張ってね？」

しかし、まだ一回も上がっていない姉に余裕たっぷりにドヤるアリサを前にしては、誰も何も言えなかった。

微苦笑を浮かべる統也と茅咲、アルカイックスマイルを浮かべる有希、無表情で拍手をする綾乃。征嶺学園生徒会室は優しい世界だった。

「んんっ、それじゃあ再開するか」

統也が牌を掻き混ぜ始め、麻雀が再開される。

有希のファインプレーで統也の親は止められたが、既にこの段階でマリヤは完全にハコ割れ状態。統也は、二位の有希と三位のアリサに圧倒的大差を付けた独走状態に入っていた。

（ふむ……このくらいにしておくか。あまりやると他のメンツにも不審がられるし、あとは振り込まないよう流せばいいだろう）

この時点で勝ちを確信する統也だったが……その見込みは甘かった。

「アーリャ、ちょっと替わっていいか？」

「え？　でも……」

「いや、俺まだ一回も上がってないしさ。初心者のお前が上がったのに、俺が一回も上がれないままってのは立つ瀬がないっていうか……な？　頼むよ」

「そう？　しょうがないわね」

「ありがと」

有希にリベンジが出来てすっかり上機嫌なアリサに替わり、再び政近が席に着く。そして、隣の有希と視線を交わした。

そう……統也は舐めていたのだ。この兄妹の、本気を。

そのことを、統也は二分後に実感した。

「あ、すみません会長。事故ですね」

「なに？」

「ロン。親の倍満、二万四千です」

わずか二巡目、統也は本当になんてことない牌で、有希に振り込んでしまったのだ。この時点ではまだ統也も偶然かと思っていたのだが、次の政近の上がりで流石に気付いた。

「あ、ツモです」

「は？」

更に二分後、今度は統也にツモ番すら回ってこなかった。

「地和、役満ですね」

「わあ、政近君すごいです！」

「あらぁ、もう上がっちゃったの？」

「ええ!?　地和!?」

「おめでとうございます、政近様」

「えっと……？」

女性陣がそれぞれの反応を見せる中、統也は正面の政近と視線を交わした。

『くっ……やってくれるじゃないか、久世』

『ふふふ……俺にイカサマで挑んだのが間違いでしたね、会長』

引き攣った笑みを浮かべる統也に、政近は不敵な笑みで返す。

そう、言うまでもなくイカサマである。「わあ、政近君すごいです！」とか白々しいこと言ってるが、有希もその片棒を担いでいる。

（オタクたるもの、イカサマとサイコロ操作くらいは当然習得済みなのだよ!!）

日本全国のオタクに総ツッコミされそうなことを脳内で叫ぶ政近。しかし、この兄妹はマジでイカサマを高レベルで習得済みだった。当然のようにサイコロでも狙った目を出せた。ちなみに、イカサマの師匠は父方の祖父だった。

『二人で協力して積み込みをすれば、この程度のことは余裕で出来るんですよ。残念でしたね、会長』

『くっ……』

大差をわずか数分で詰められ、悔し気に目を細める統也。それに対して、政近はフッと笑みを浮かべた。

『安心してください、会長。最後の局は、ちゃんとイカサマなしでやりますよ』

『なに……？　まさか』

政近のアイコンタクトに、統也もハッとする。今の二人の上がりで、どこぞの借金まみれの聖母様を除き、三人の点数はほとんど平らになっていた。この最後の局で上がった者が、トップを勝ち取れるくらいに。

『お互い、パートナーにイカサマを知られたくはないでしょう？　ここは、真剣勝負といきませんか？』

『……ふっ、いいだろう。俺の実力で、会長の偉大さを見せつけてやろうじゃないか！』

互いに男臭い笑みを交わし、二人は小細工なしの真剣勝負をすることを決めた。

『いざ──』

『尋常に──』

『『勝負!!』』

そして、運命の最終決戦が幕を開け──

「あらぁ？　これ、上がっちゃったかしら」

「「え？」」

予想外の方向から上がった気の抜ける声に、男二人は間の抜けた顔で振り返った。

そして公開されたマリヤの手を見て、すぐに顔を見合わせる。

「会長……」

「うん……」

「なんでもありってことは、当然これも……」

「……ああ」

「マーシャ、そ、それ……」

「茅咲ちゃん？　え、みんなどうしたの？」

茅咲が戦慄（せんりつ）の表情を浮かべ、綾乃ですら目を見開く中、有希が引き攣った笑みを浮かべながら口を開く。

「四暗刻単騎（スーアンコー）、大三元、字一色（ツーイーソー）……」

「あらぁ、四つも役があるのね～。えっと、満貫、八千点くらいかしら？」

「四倍役満、十二万八千点ですよ‼」

やけくそ気味に政近が叫ぶと、ようやく立ち直ったらしい統也が苦笑い気味に呟（つぶや）いた。

「これまでの戦いはなんだったんだ……」

「ホントにね⁉」

結局、マリヤの全てを無に帰すミラクル上がりによって、最終結果は一位マリヤ、二位が有希綾乃ペアで三位が統也茅咲ペア。政近アリサペアは、親っかぶりでビリまで転落してしまった。

そして、トップ賞として敗者の六人に対する命令権を与えられたマリヤは……

「う～ん……命令ね～……」

唇に人差し指を当てながらぐるぐると室内を見回し……歓迎会で配られた焼き菓子が入っていた小袋とリボンに視線を向けたところで、「あっ」と何か思い付いた顔をした。政近は、壮絶に嫌な予感がした。そして、その予感は正しかった。

——数分後。

「いや〜ん、かわいい〜〜♡」

生徒会室には、とろけるような笑みを浮かべたマリヤの姿。そして、少し恥ずかしそうな女性陣と、恥辱に震える野郎二人の姿があった。

「会長……」

「久世、何も言うな……」

マリヤが発した命令。それは、『全員、今日一日リボンを付けて過ごすこと』だった。

マリヤが手ずから付けたリボン。女性陣はいいのだ女性陣は。ちょっとしたイメチェンになっているだけだから。特に茅咲なんかは、普段しゃれっ気がない分、女生徒が見たら黄色い悲鳴を上げそうないい感じの仕上がりになってるから。問題は……モブ顔の政近と、老け顔巨漢の統也だった。

「なんですかこの罰ゲーム……」

「お前はまだいいだろ……見ろ。俺なんてただの悲劇だぞ」

「俺は知ってます。普段から人望ある人間なら、多少奇抜なことしても『そんな一面もあるんだ』って好意的に受け止められるけど、俺みたいな一般生徒が同じことしたら『なにアイツ……』ってドン引かれるだけだって」

そんな風に悲愴感たっぷりに顔を見合わせる二人に、女性陣が近寄ってきた。

「い、いや……いいんじゃない？　っ、に、似合ってると思うよ？」

「更科先輩……そんな失笑しそうになりながら言われても、かえって悲しくなるんですが」

「いえいえ、実際とてもよくお似合いですよ？　政近君」

「目が笑ってんだよ有希さんよぉ」

「そんなことないですよ？　ねぇ綾乃？」

「はい、とてもよくお似合いです」

「お前のその曇りなき眼はなんなんだマジで」

「久世君……」

「アーリャ……」

なんとも言えない表情で声を掛けてきたアリサだったが、政近がそちらに振り向いた途端、大きく目を見開いたかと思うとバッと口を押さえて顔を背けた。

「オイコラなんとか言えや」

「っっ、い、いいと思うわ。かっ、かわいいんじゃ、ないかしら？」

「もう笑えよ！　いっそのこと笑ってくれよ！　なあ！」

「アハハハハハッ」

「有希ぃ！　お前は笑うな！」

器用にお嬢様モードを維持しながら愉快そうに笑う有希を、政近はギュリンッと睨(にら)みつける。しかし、有希の笑いに触発されたのか、茅咲が声を上げて笑い始め、アリサまで俯(うつむ)いたまま肩を震わせ始めたので、もう諦(あきら)めた。

「会長、久世くん、こっち向いて～」

「なっ、まさか写真撮る気ですか⁉」

「そうよ～？　せっかくの記念だもの」

　顔を引き攣らせる政近に、統也がそっと耳打ちする。

「（諦めろ、久世。イカサマを使ってまで負けた俺達に、拒否権はない）」

「くっ、殺せ！」

　苦渋に満ちた表情で、敵に捕らわれた女騎士のようなセリフを吐き捨てる政近。

　その後、見回りの先生が閉校時間を告げに来るまで、生徒会室には女性陣の笑い声とシャッター音が響き続けるのだった。

Иногда Аля внезапно кокетничает по-русски

第7話　約束だからな

「九条（くじょう）アリサさん」

「？」

昼休み。突然背後から掛けられた声に、アリサは振り返る。

そこに立っていたのは、癖のない黒髪を肩の上でピシッと切り揃えた、理知的な雰囲気を漂わせる一人の女生徒。

声からして聞き覚えのない女性の声だったが、やはり顔を見てもピンとこなかった。リボンの色からして、同学年らしいということくらいしか分からない。しかし、面識のない相手であるはずなのにもかかわらず、少女の眼鏡の奥から覗（のぞ）く目には決して友好的ではない光が宿っていた。

「……なに？」

少し警戒しながら問い掛けると、女生徒はくいっと眼鏡を持ち上げながらやはりどこか険のある声で言った。

「突然すみません。わたしはF組の谷山沙也加。少し、お時間頂けますか？」

廊下の外、中庭の方を視線で示しながらの申し出。言葉こそ丁寧で礼儀正しいが、やはり友好的な感じは全くしない。

普段のアリサなら、この場で何の用かだけでも訊くところだったが……たった今名乗られた少女の名前が頭に引っ掛かり、アリサは眉根を寄せる。

(谷山、沙也加……？　たしか、中等部で有希さんと生徒会長の座を争った……？)

その生徒のことは、先日政近に詳しく聞いていた。他ならぬ、有希以外で警戒すべき会長候補の一人として。

谷山沙也加。造船業においては国内でも有数の大企業である谷山重工の社長令嬢であり、実家が資産家であるという点では征嶺学園でもトップクラスの生徒だ。

彼女自身も非常に優秀で、テストでは常に学年上位十位以内に入っているし、毎年クラス委員を務めているため教師の覚えもいい。何より……中等部では、三組の会長副会長候補を、討論会で撃破したという実績の持ち主だ。実力でライバルを下した数では、有希を含む他の候補は誰も敵わない。それだけに、政近も有希以外では彼女を最も警戒していた。

そんな、自分にとってはライバルとなるかもしれない生徒からの誘い。となれば、アリサに乗らない理由はなかった。

「……いいわよ」

「ありがとうございます」

全く感謝していない様子でお礼を言うと、沙也加は廊下の端から中庭に出た。アリサがその後を付いて行くと、沙也加は中庭の中央に立っている大きな木の下で立ち止まり、アリサの方を振り返った。

「まず確認しておきたいのですが、九条さん。あなたが、久世さんと共に会長選に挑むというのは事実でしょうか？」

「……ええ。それが？」

どこで聞いたのだろうかと思いながらも頷くと、沙也加の眉間にピシッとしわが入った。

そして次の瞬間、はっきりとした敵意に満ちた言葉を発した。

「ずいぶんと品のないことをするのですね。恥ずかしくはないのですか？」

「……は？」

突然ぶつけられた侮蔑の言葉に、アリサは怒りを覚えるより先に呆気にとられた。

「周防さんがアプローチを掛けていた相手を横取りするようなことをして……嫌がらせですか？　冷やかしにしてもタチが悪い」

「なっ、んな……!?」

しかし、この言われようは流石に我慢ならなかった。

「なによその言い掛かり！　そもそも、なんで初対面のあなたにそんなこと言われないといけないの⁉」

　アリサの叫びに、中庭とそこに隣接する校舎から視線が集まる。そのことを自覚して言葉を呑み込むアリサだったが、沙也加は全く気にした様子もなく冷淡に答える。

「なぜ？　むしろ、周防さんを除けばわたしにこそ言う権利があると思いますが……我が学園の神聖なる会長選を、軽い気持ちで汚すのはやめてもらえますか？」

「なによ、それ……私が汚い手を使って、久世君を味方に引き込んだって言いたいの？」

「違うとでも？　どんな手を使ったかは知りませんが、あの腑抜けた久世さんをパートナーに選ぶなど、周防さんへの当てつけとしか考えられないでしょう」

「違──」

「アーリャ？　谷山？」

　背後から聞こえた声にアリサが振り返ると、二人が言い争う声を聞きつけたらしい政近が、渡り廊下から中庭に出てくるところだった。ただならぬ雰囲気の二人を、心配そうな顔で交互に見ながらその間に立つと、アリサに問い掛ける。

「……何があった？」

「知らないわよ。急に声を掛けられたと思ったら、私が汚い手を使って有希さんからあなたを奪ったみたいな言い掛かりをつけられて」

「なんだそれ？　なんでそんな話になった？」

訳が分からないと首を傾げながら、政近は沙也加の方を向いて言う。

「えっと、谷山？　誰に何を聞いたか知らないけど……俺は自分でアーリャと立候補するって決めたんだぞ？　別に汚い手とか使われてないから……」

政近の言葉に沙也加は眉をひそめると、眼鏡をゆっくりと押し上げながら言った。

「……信じられませんね。すっかり腑抜けていた貴方が、なぜそちらの転入生と手を組もうなんて気になったのですか？」

「いや、腑抜けてたって……まあ、否定はせんけどさ……とにかく、汚い手とかは使われてないから。このことは有希も納得済みだし。全部お前の誤解だから……アーリャに失礼なことを言ったなら、謝ってくれないか？」

なるべく穏便に済ませようとする政近だったが、その瞬間、顔を伏せた沙也加からゾッとするほどの怒気が吹き付けて来て息を呑む。

「そう……本当に裁かれるべきは、貴方だということですか……」

地を這うような声でそう呟くと、沙也加はずかずかと政近に近付き、至近距離からその顔を睨み上げた。その目は恐ろしいほどの敵意と憎悪に満ちていて、政近は思わず半歩後ずさる。

「久世さん、わたしは貴方に討論会を挑みます」

「は――？」

沙也加のその宣言に、遠巻きに様子を窺っていた生徒達がどよめく。それは、政近も同じ気持ちだった。

「議題は……そうですね。『生徒会加入における教師の査定の導入』でいかがでしょうか？」

「いや、ちょっと待て！　お前……本気か？」

「冗談でこんなことを言うとでも？　貴方のような人間には、早々に会長選から……いいえ、生徒会から去っていただきます。まさか仮にも生徒会役員が、討論会を挑まれて逃げたりはしないでしょう？」

突然の展開に、政近は訳が分からず困惑するしかない。しかし、どうやら目の前の少女が本気で自分を潰そうとしていること。それに抗うには、討論会で勝つしかないことはなんとなく分かった。

「……分かった。とりあえず、詳細を――」

「待ちなさい」

そこへ、アリサが鋭い声で待ったを掛けた。

「討論会は会長選の候補同士が行うものでしょう？　私を無視して話を進めないでもらえるかしら」

沙也加を鋭く睨みながらそう言うアリサだったが、沙也加はそちらを見もせずに冷淡に告げる。

「邪魔しないでもらえますか？　わたしはもうあなたになど興味ありませんので。成績しか取り柄のないお飾りの会長候補は引っ込んでいてください」

「な――っ、こっちを向きなさい！」

アリサは強引に政近と沙也加の間に割って入ると、正面から沙也加を睨む。

「私達は会長選のペアよ！　あなたが同じ会長候補として久世君を倒そうとするなら、私が相手になるわ！」

正面から啖呵を切るアリサをわずらわしそうな目で見返し、沙也加は静かに吐き捨てた。

「せっかく、見逃してあげようと思ったのに……」

そして、蔑みと共に顎をツンと上げると、底冷えする声で言い放った。

「いいですよ。二人まとめて潰してあげます。あなた方のような人間は、会長選にふさわしくない」

沙也加の言葉に、周囲の生徒達が戸惑いと興奮を持ってざわめく。今年度初となる討論会の噂は、午後の内にあっという間に校内中を駆け巡った。

◇

「まったく、今学期はもう討論会なんて行われないと思ってたんだがな……」

放課後の生徒会室。政近とアリサの前で、統也は沙也加に提出された申請書を手に悩ましい顔をしていた。

「すみません、こんなテスト期間前に……」

「いや、まあお前達は挑まれた側だからな……すまん、ただの愚痴だ。別に責めているわけではないから気にするな」

政近に手を振りながら、統也は改めて申請書に目を落とす。

「う〜ん、あれだけ噂になっている以上、今更辞退するわけにもいかないだろうが……この議題は……」

「俺をピンポイントで狙い撃ちしてますね」

「う、ん……やっぱりそうだよなぁ……」

申請書に書かれている議題は、昼休みに沙也加が言った『生徒会加入における教師の査定の導入』。そしてその内容は、簡単に言えば「生徒会役員になるのに教師の推薦が必要になるようにしましょう」というものだった。

真の狙いが別にあることが透けて見えるその内容に、統也は思わず眉を寄せる。しかし、当の政近は肩を竦めると事も無げに言った。

「現生徒会で、一番教師の覚えがよろしくないのは俺ですからねぇ。もしこの議案が通れば、俺は生徒会をやめざるを得なくなるかもしれません」

「いや、まあ内容が内容だけに、学生議会で可決されたからといって学園がそれを採用するかは分からんが……本当にやるのか？　正直言ってお前達には何のメリットもないように思えるが」

「メリットならあります」

はっきりと言い切ったアリサに、統也は興味深そうな目を向ける。そして、メラメラとした闘志を宿した瞳に迎えられて若干のけ反った。

「彼女を倒せれば、次期会長候補としての私に箔が付きます。逆にここで逃げれば、会長選で彼女に勝つことなど不可能でしょう」

「お、おう……まあ、そうかな？」

「それに、あの人は私と久世君を侮辱しました。あの発言を取り消し、謝罪してもらわないと気が済みません」

「そ、そうか」

静かに怒気を漲らせるアリサに苦笑しつつ、政近も補足する。

「まあ、悪いことだけじゃありません。終業式のあいさつを前に、お披露目の場を得られたんですからね……谷山との討論会は、俺達の出馬をアピールするのにちょうどいい機会です」

「まあ、お前がそう言うならいいんだが……」

政近の言葉に中途半端に頷きつつ、統也はスケジュールを確認した。

「そうだな、やはりテスト期間前だからな……少し急だが、開催は今週末の金曜日の放課後にするか。どうだ？」

「俺は構わないです」

「私もです」

「よし、分かった。じゃあ今日中に内容を公示するか」

「会長、それでしたらわたくしが広報紙を作成いたします」

「周防、頼めるか？」

「はい、お任せください」

執務テーブルから顔を上げた有希は、笑顔で快く頷くと、政近とアリサの方を向いた。

「政近君、アーリャさん、頑張ってくださいね？」

「……ああ」

「ええ、ありがとう」

「どうでしょうか、皆さん。お二人は討論会の準備でお忙しいでしょうし、討論会までお二人の生徒会業務は免除するというのは」

有希がそう言って室内を見回すと、残りのメンバーもすぐに頷いた。

「そうね～いいんじゃないかしら？」

「あたしも、いいと思うよ」

「有希様の仰せのままに」

「そうだな。久世、九条妹、こっちはいいから、お前らは討論会の準備をしろ」

「いや、そういうわけにも……」

「なに、この議案が通ったら俺もいろいろと面倒な仕事が増えそうだからな。それを阻止するのも立派な生徒会の仕事だ。気にするな」

そう言って冗談っぽく笑う統也。先輩の優しい気遣いに、政近とアリサは頭を下げる。

「……分かりました。ありがとうございます」

「ありがとうございます。必ず、期待に応えてみせます」

そして、二人は仲間達の気遣いに感謝しつつ、生徒会室を出た。

「さて……それじゃあ、教室に戻って作戦会議をするか？」

「ええ」

◇

「……とまあ、これまでの傾向を見るに、谷山はこういう感じの主張をしてくると思う」

「なるほど……」

「じゃあ、この想定を基に……お前ならどう反論する？」

他に誰もいない放課後の教室で、政近とアリサは向かい合うように机を並べて作戦会議をしていた。

「……こんなところ、かしら」

「うん、いいんじゃないか？　なかなか説得力があると思う。もう少し主張をまとめる必要はあるけど……」

統也にもらった申請書の写しを基に沙也加の出方を予想し、それに対する反論を組み立てる。そうしていると、沙也加の突然の暴言にずっとイライラを募らせていたアリサも、少しずつ落ち着いてきた。すると、ようやく冷静に、沙也加のあの行動を分析する余裕が出てくる。

「ねえ、久世君」

「ん？」

「久世君は……あの谷山さんと、仲が悪いの？」

「いや、そんなことはない……と、思う。少なくとも中学で一緒に生徒会やってた頃は、それなりに互いを尊重し合って上手（うま）くやれてたと思うぞ？」

「そう……」

「言っておくが、谷山は普段からあんな悪口とか言うやつじゃないぞ？　なんつーか……あんなに激しい谷山は、俺も初めて見たよ……」

眉を下げて、少し参ったように肩を竦める政近に、アリサはドキッとする。普段へらへらとして緊張感がない政近が、こんな風に弱っている姿を見るのは初めてだった。

考えてみれば、初対面のアリサとは違って、政近は見知った相手に本気の敵意を向けられたのだ。それが理不尽なものであったとしても、傷付かないはずがなかった。

「久世君……」

「ん？」

「ぁ、その……」

どこか憔悴した様子の政近に何かを言おうとするが、何を言えばいいのか分からない。人を慰めたことなんてないし、そもそも政近と沙也加の関係性がどういうものかも分からないので、何を言っても薄っぺらくなってしまう気がする。

「……谷山さんは、なんであんなことをしたのかしら？」

結局、口から出たのは別の質問だった。パートナーに慰めの言葉ひとつ掛けられない自分自身に、アリサは嫌悪感を抱く。

しかし、政近はそんなアリサの自己嫌悪に気付いた様子もなく、顎に手を当てて視線を上に向けた。

「ん……そうだな。俺も考えてたんだけど……たぶん、俺が愉快犯的に選挙戦を引っ掻き回してるとでも思ったんじゃないかな……」

「え？」

「いや、あくまで予想だけどな？　お前から聞いた話も踏まえて考えると、谷山は俺達が本気で選挙戦に挑んでないって誤解してるみたいだから……」

「そもそも、なんでそんな風に誤解してるのかしらね？」

「ん～お前のこと『成績だけが取り柄～』とか言ってたしな……ま、その、こういう言い方するのはアレだけど、客観的に見て転入生のお前は部活での実績とかないし、谷山と比べると人脈も少ないけど……」

早口でボソボソと言う政近をじろりと睨み、アリサは鼻を鳴らす。

「まあ、否定はしないけど……あなただって帰宅部じゃない」

「うん。だからまあ、そんな二人が手を組んで選挙戦に挑むっていうのが、あの選挙戦ガチ勢の谷山からすると、『やる気あんのかお前ら。本気じゃないなら失せな』みたいに思えたんじゃないかと……」

「そう、なのかしら？」

ただ本気でやっていない人間に対して怒ったにしては、沙也加のあの怒りは尋常ではなかった。あの時の聞き捨てならない暴言を思い出してまた表情を険しくさせるアリサを、政近はなだめる。

「まあ、腹が立つ気持ちは分かるが、落ち着け」

「むしろ、久世君はなんでそんなに落ち着いてるのよ」

「う～ん……いや、むしろ俺の場合普段の谷山を知ってる分、あの谷山があそこまで怒るなんて、相当気に入らないことをしてしまったんだなぁって」

眉をハの字にして弱々しく笑う政近に、アリサは眉根を寄せて声を低める。

「たとえ、そうだとしても……あんなに酷い言われ方をする理由にはならないわ。たしかに、あなたは基本不真面目だけど……それでも、あそこまで酷く言われるような人じゃないもの」

その言葉に、アリサが自分のために怒ってくれているのだと気付き、政近は少し照れくさくなった。しかし、これ以上アリサに怒っていて欲しくもなかったので、困ったように笑いながら沙也加をフォローする。

「うん、まあね……でも俺は元々、有希のパートナーだったからさ。大本命の有希とのペアを解消してそれ以外の候補と手を組むなんて、あいつからしたら理解できないだろうし、ふざけてると思われても無理はないよ」

「そんなこと――」

おかしいと言い掛けて、アリサは気付いた。今回の一件は、自分が政近とペアを組んだことで起きたことだと。そして、同時に気付いた。政近が、自分とペアを組んだことで被った不利益は、きっとこれだけではないと。

パッと思い付くだけで、元のペアであった有希。そして、二人の幼馴染みだという綾乃。本人が何も言わないだけで、彼女らとの間にも何もなかったはずがない。ずっと一人だった自分とは違い、政近はきっといろんなものを犠牲にしてここにいるのだ。

「わた、し——」

そう思うと、アリサは急に恐ろしくなった。政近は、あくまで対等の存在として手を取ってくれた。でも、そのために払った代償は決して等価とは言えない。そんな彼に、自分は何を返せるだろうか？　何を与えられるのだろうか？　今もこうしておんぶにだっこで支えられてばかりの自分に、一体何が——

「アーリャ？　どうした？」

突然黙り込んでしまったアリサに、政近は心配になる。目の前に座るアリサは顔色も悪く、呼吸も浅いように見えた。

「大丈夫か？　体調が悪いなら……」

「……大丈夫よ。別に、そういうわけじゃないから」

「そう、か？」

そうは言っても、どう見ても尋常ではない様子だ。とりあえずある程度の対策は立てられたことだし、今日はこのくらいにして解散しようかと思ったその時、アリサがどこか思いつめたような顔で言った。

「久世君……何か、私にして欲しいことはない？」

「は？　なんだいきなり」

「……」

突然の申し出に首を傾げるが、アリサはこちらをじっと見たままそれ以上何も言わない。

「ん～……して欲しいこと、ねぇ？」

その様子から「これ以上何も訊いてくれるな」という意志を感じ取った政近は、頬を掻きながら少し考えた。

「あぁ～……変顔？」

「真面目に」

「……っす」

しかし、真面目にと言われても、こういうシリアスな雰囲気でシリアスな態度を取れないのが政近である。特に相手が妙に深刻な様子だと、アホなことを言って場を和ませようとしてしまうのが政近の性分だった。

「えっと、そうだな。優しく抱き締めて愛を囁いて、あふれ出る母性に溺れさせて欲しい」

ニヤッと笑いながら言った言葉に、アリサはピクッと眉を跳ねさせる。その反応に、アリサが「もういいわ！」と怒ると予想した政近は、最悪ビンタが飛んで来ることも考慮して身構える。

「……いいわよ」

「え？」

だからこそ、その返答は完全に予想外だった。間の抜けた反応をしてる間に、アリサはガガッと音を立てて立ち上がると、机を回り込んで政近の横に立つ。

「いや、いやいやちょちょちょい」

すぐ近くから青い瞳に見下ろされ、政近は意味をなさない音を口にしながら椅子ごと後ずさった。

「待て待て冗談だから。落ち着け？」

降参するかのように肩の高さに両手を上げ、本当に両腕を広げるアリサを押し止めようとする。すると、アリサはちょっと眉根を寄せて腕を下ろした。それにほっとしたのも束の間、アリサはスタスタと政近の背後に回り込み……次の瞬間、政近の首にするりとアリサの腕が回された。

「うぃ!?」

突如頬に触れたさらさらとした質感、背中に押し付けられた柔らかな触感に、政近は奇声を上げて飛び跳ねる。

しかし、アリサは気にした様子もなく左腕を持ち上げると、ぎこちない仕草でゆっくりと政近の頭を撫でた。

「アアアアーリャ!?」

テンパりまくって声をひっくり返らせる政近だが、下手に動くと予期せぬ接触事故を起こしてしまいそうで、それ以上何も出来ない。

かと言ってアリサの抱擁に身を任せることも出来ず、全身をガチガチに緊張させて固まる。

そんな政近の頬に自分の頬を触れ合わせるようにして、アリサはそっと囁いた。

【ごめんね、ありがとう】

その謝罪とお礼が、果たしてどういう意図で発されたものなのか……政近には分からなかった。しかし、その言葉と共に、肩から胸に回されたアリサの右腕にぎゅっと力が籠り、政近はハッとした。

「アーリャ……?」

「……」

政近の問い掛けに、アリサはやはり何も答えない。しかし政近には、背後から回されたアリサの腕が、どこかすがるようにも感じられた。

政近がふっと体から力を抜くと、頭からアリサの左手が離れ、右腕と交差するように回される。

【離れないで……！】

切ない響きを伴ったその囁(ささや)きに、政近は胸の奥を掴(つか)まれる感覚がした。胸を締め付けるような痛みと共に、燃えるような情動が噴き上がってくる。

その熱に衝(つ)き動かされるまま、政近は左手でアリサの腕を掴むと、右手でアリサの髪をそっと撫でた。

「アーリャ。俺達は勝つ。谷山が相手だろうと、関係ない。お前と交わした約束は、誰にも破らせはしない」

前を向いたまま、すぐ隣のアリサに向かってはっきりと宣言する。決意と覚悟を、自分自身に刻み込むように。そのまましばし沈黙が流れ、不意にアリサが軽く身動(みじろ)ぎした。

「……久世君、痛いわ」

「あ、ご、ごめん」

無意識に両手に力が入っていたことに気付き、政近は慌てて手を離す。すると、アリサもそっと体を離し、少し意地悪っぽく言った。

「そう、あなたが本気でやる気になったのなら、私もリクエストに応(こた)えた甲斐(かい)があったわね」

首をひねって背後を見上げると、そこにはいつもの調子でふふんっと得意げな顔をしたアーリャの姿。その安定してお姫様な態度に安堵しつつ、政近は苦笑を浮かべる。

「ま、アーリャ姫に熱い抱擁までされてしまってはねぇ。やる気出さないわけにはいきませんわ」

「姫って言うな」

からかうように言うと、頭にずびしっとチョップを叩き込まれる。その全然痛くないチョップにますます苦笑を深めつつ、政近は立ち上がると、机を元の位置に戻した。

「それじゃあ、もういい時間だし、今日はこのくらいにしておくか」

「そうね」

互いに何事もなかったかのような態度で二人一緒に教室を出ると、放課後の廊下を並んで歩く。

(谷山、俺はお前を倒すよ。それでお前を……また、傷付けてしまうとしても。俺は、アーリャとの約束を守る)

かつて半端な覚悟で打ち負かし、泣かせてしまった彼女の姿は、今でも苦い思い出として胸に残っている。しかし、たとえもう一度彼女の泣き顔を見ることになろうとも……躊躇いはしない。全力で勝ちに行く。

そして、証明する。自分の……自分達の、本気を。そうすることで、怒りに囚われた彼女の心が、少しでも救われると信じて。

（それにしても……ずいぶんとまた、こっぱずかしいことをしたもんだ）

先程の自分の行動を思い出し、「これまた後で恥ずかしくなるやつだ」という予感と共に苦笑いする。

だが、そうせずにはいられなかった。あの時……アリサに向かって手を差し伸べた時と同じように、衝動的にそうしていた。その時、政近の脳裏にパッと閃くものがあった。

（そうか……あれが、俺がアーリャを選んだ理由か）

不意に先日の綾乃の質問を思い出し、政近は階段の上で立ち止まった。あの時政近は、なぜなのかは分からないと答えた。今も正直、はっきりと分かったわけではない。

だが……あの、どうしようもなく自分を駆り立てる情動。あれが、自分がアリサを選んだ理由なのだ。あの、強烈な庇護欲にも似た感情は、きっと……

（うん……やっぱり、恋じゃない）

でも、もしかしたら……恋ではなくとも……

「久世君？」

何かを考えながら歩いていたらしいアリサが、階段を途中まで下りたところで政近の方を見上げる。

そして、政近の背後から差し込む西日に眩しそうに目を細めた。

そんなパートナーに、どこか切なく……それでいて、どこか愛おしそうな笑みを浮かべると、政近はそっと囁いた。

【Я не уйду.（離れないよ）】

約束を果たす、その時までは。

「え？」

左手を目の上にかざしたアリサが、政近の囁きに怪訝（けげん）そうな声を上げる。

「いや、なんでもない」

それをサラッと誤魔化し、政近は階段を下りると、再びアリサの隣に並んだ。その時にはもう、政近の表情に先程の笑みは全く残っていなかった。

第8話　理想と現実と

討論会当日。政近とアリサが会場となる講堂、その舞台袖に繋がる裏口に向かうと、ちょうど討論会の相手と鉢合わせた。

「あ、どもども～」

沙也加は素っ気なく会釈だけしてすぐに講堂に入ってしまったが、その後ろにいたもう一人の生徒が気安い雰囲気で声を掛けてくる。

「くぜっちおひさ～今日はよろしくね～……って、言うのもなんか変か」

「お前、緊張感なさすぎじゃないか？」

「まあ、アタシは討論会の最中は出番ないし～？　気楽なもんっすわ」

言葉通りお気楽な様子でひらひらと手を振るのは、ゆるくパーマをかけた金髪をワンサイドアップにした女生徒。教師に咎められないギリギリを攻めた薄いメイクに、絶妙に着崩された制服。この征嶺学園には珍しいその攻めた格好は、いわゆるギャルと呼ばれる部類のものだった。今まで関わり合いになったことのないタイプの人間を前にして固まるアリサに、女生徒が視線を向ける。

「直接話すのは初めてかな？　ど～も、アタシは宮前乃々亜。いちお～さやっちの相方やってま～す」

「そう……私は九条アリサ。いい討論会にしましょう」

「あっはは、真面目だね～案外さやっちと気が合いそう」

ゆるい感じで笑うと、乃々亜は「んじゃ、まあよろしく～」と告げて講堂に入って行った。

「今のが、谷山さんの？　なんというか……」

「まあ、不釣り合いな感じするよな。見た目だけならお堅い優等生とゆるいギャルだし。というか、見た目に反さずゆるいギャルなんだけどな。あの派手な容姿を活かしてモデルもやってるみたいだし」

「モデル？　それ……校則違反じゃないの？」

「ん～親が経営してるブランドの広告塔って形らしいから、ギリセーフ？」

「というか、前から見掛けて気になってたんだけど、あの髪は……」

「ああ、あれは地毛だぞ？　お祖母さんがアメリカ人なんだと」

「……そう」

理解はしつつも今一つ腑に落ちていない様子のアリサに、政近は苦笑しつつ言った。

「あの二人は幼馴染みって話だから。性格も雰囲気も全然違うが、あれでも仲はいいんだ」

「ああ、そういう……」

「言っておくが、縁故採用でペアを組んでいると思ったら大間違いだぞ？　宮前は生徒会とか無関係にスクールカーストのトップにいるやつだし、人脈の広さで言ったら間違いなく学園でもトップレベルだ」

「それは……たしかに、選挙では脅威ね」

「まあ、今日のところはそこまで気にしないで大丈夫だ。お前は谷山のことだけに集中してればいい」

「そうね、分かったわ」

一旦乃々亜のことは頭から外した様子のアリサに、政近は一度ふぅっと息を吐いてから尋ねる。

「それじゃあ、行きますか」

「ええ」

そして、二人は決戦の場となる講堂へと、足を踏み入れた。

◇

「うわっ、結構人集まってんなぁ。部活がない生徒は半数以上参加してるんじゃね？」

「まあ、今年度初の討論会。それも、挑んだのがあの谷山さんで受けたのが九条さんだから……注目度は高いだろうね」

講堂にやってきた毅と光瑠は、テスト期間前の放課後という微妙なタイミングにもかかわらず、ほとんど満席に近い人数が集まっていることに、呆れ気味に周囲を見回す。開始十分前でこれでは、最終的には立ち見の生徒も出るかもしれない。

「谷山さんって、おひい様と最後まで会長の座を争った子よね？」

「そうそう、一年の時は次期会長として本命視されてたんだけど、最終的に周防さんに負けちゃったのよね～」

「谷山さんって討論会じゃ負けなしだったんだろ？　俺はもしあの二人が選挙前に討論会でぶつかってたら、結果はどうなってたか分からなかったと思うけどな」

「それは俺も思った。でも、そこで自分の得意分野で勝負せず、堂々と選挙で決着をつけたのは潔かったと思うけどな」

「いやいや、お前周防さんに投票してたじゃん」

「それはそれ。敵ながらあっぱれってやつだよ」

二つ並びで空いている席を探して講堂の中を進むと、周囲の生徒の話し声が耳に入って来る。一年生から三年生まで、いろんな立場の人間がそれぞれに討論会の予想や参加者の印象を語っていた。

「どう思う？　この議題」

「う〜ん、ほとんどの生徒には関わりのないことだからなんとも……まあ、彼女ならきっちり仕上げてきてるだろ」

「転入生の方はどう？　あたし、あんまりあの子のこと知らないんだけど……」

「俺も、成績がいいってことくらいしか……そもそもスピーチとかできるのか？」

「この久世って生徒、どこかで名前聞いたことない？」

「たしか、周防さんが会長やってた時の副会長がそんな名前じゃなかったっけ？　よく知らないや」

「あぁ〜そんなのもいたっけ？　あれ？　だったらなんであの転入生と一緒にいるんだ？」

聞こえてくる話は沙也加に関するものがほとんどで、アリサに関して話している人間は少数だった。政近に関しては言うに及ばず。

「……なんつーか、既にアウェーじゃね？」

「まあ、こと討論会に関しては、知名度に差があり過ぎるよね……あ、あそこ空いてる」

「お、ホントだ」

列の中ほどに空いている席を見付け、毅と光瑠がそこに腰を落ち着ける。そうして改めて前方の舞台に目を向けると、中央の演台を挟んで向かって右側に沙也加と乃々亜。左側にアリサと政近が座っているのが見えた。

全員同じようにただ椅子に座っているだけなのに、不思議と沙也加に視線が吸い寄せられる。ピシッと背筋を伸ばし、落ち着き払って瞑目(めいもく)している姿には、どこか風格すら漂っていた。

「流石に政近は落ち着いてるけど……九条さんは大丈夫かな？　たぶんメインで話すの九条さんだよね？」

「堂に入ってるなぁ……なんか、勝てる気がしねぇ。というか、負ける姿が想像できねぇ」

「まあ、こういうのは会長候補同士がメインでしゃべって、副会長候補はサポートに回るのが通例だわな。副会長候補ばっかりがしゃべってたら、会長候補がお飾りっぽく見えちゃうだろうし。仮に勝てても会長選の印象がマイナスになっちゃ意味ないし」

「だよね……大丈夫なのかなぁ。九条さん、あまり話すのが得意って印象はないけど……特に、こんな大勢の人間の前では」

「そうだよな……最低でも堂々とトチらずに話すくらいは出来ないと、勝負にすらならないぞ？」

壇上のアリサを、心配そうに見つめる二人。その視線に気付いた素振りも見せず、ただ真っ直ぐに前を向いて席に座っているアリサ。誰もいない演台をじっと見つめるその青い瞳(ひとみ)には、一切の迷いも不安もないように見えて……

(人が……こんなにいっぱい……の、喉が、張り付いて……声、出るかしら？)

その内心は、これ以上ないほどに緊張していた。

この討論会に、自分達のこれからが懸かっているというプレッシャーはもちろんある。だがそれ以前に、こんなに大勢の人の前で、自分の口で自分の意見を語るということ自体が、アリサにとっては初めての経験だったのだ。

そもそも、アリサは我は強いが自己主張は強くない。他人に何も期待していないから、これまで特に主張する必要もなかった。他人を自分の意見で動かそうとしない代わりに、自分も他人の意見には動かされない。それがアリサの基本スタンスだった。

しかし、今求められているのはその他人を動かす力。自分の言葉で、他人を味方につける力。アリサが今まで、不必要と切り捨ててきたものだった。

(出来るの？　私に……また、あの時みたいに拒絶されるだけなんじゃ……)

つい先日、サッカー部と野球部の話し合いで突き付けられた容赦のない否定の嵐を思い出し、指先からスーっと血の気が引く。気持ち悪い。脚が痺れたように感覚がない。硬いはずのステージを踏む足が、まるでゴムでも踏んでいるようだ。

「アーリャ」

隣から掛けられた声に、アリサは半ばすがるような思いでそちらを振り返る。前方の聴衆から目を逸らせるということが、無性にありがたく感じた。

「……なに？」

平静を装って出した声は、果たして震えていなかったか。アリサは自信がなかった。視線の先には真剣な表情でこちらを見つめる少年の顔。普段なら頼もしいと思うところだろうが、今のアリサにはそれすらプレッシャーに感じられた。

（久世君、落ち着いてる……私が、もっとしっかりしないと。自分でやるって言ったんだから。久世君にがっかりされたくない。もっと落ち着いて。冷静に。し、深呼吸。深呼吸、すれば……）

ゆっくりと息を吸い込もうとするが、喉が、肺が、言うことを聞かない。勝手に震え、わななき、ますます手足から血の気が引いていく。

「アーリャ……」

「久世、くん……」

もう強がることも出来なかった。すがるように絞り出した声は、みっともなく震えていて。泣きそうなのになんだか笑い出しそうで頭がぐちゃぐちゃで――

「お前、Eカップってマジ？」

「……は？」

突然ぶつけられたあまりにもぶっ飛んだ質問に、アリサは一瞬、何を言われたのか理解できずに呆(ほう)ける。しかし、政近の視線がチラッと自分の胸元に向いたことで、ようやく事態を認識。反射的に両腕で胸元を隠そうとするも、ここが壇上であることを思い出してすんでのところで踏み止まる。

「へ、変態……！　この状況で、何言ってるのよ！」

辛うじて声量を抑えつつ、非難の声を上げる。すると、政近は至極真面目な表情で聴衆の方に視線を向けた。

「ああ、俺も思っていたよ……こんな衆人環視の状況じゃ、変なことは出来ないなって。……でもな？　同時に気付いたんだ。変なことが出来ないってことは、ビンタも出来なければ逃げることも出来ないんだって」

そして、フッと笑みをこぼすと、妙に穏やかな表情でアリサの方を振り返る。

「気付いちまったんだよ……あれ？　これセクハラし放題じゃね？　って」

「死ねばいいのに」

「くっくっく、奴らもまさか、俺らが壇上でこんなにゲスい会話をしているとは夢にも思わんだろう……」

「私だって思いたくもないわよ」

「ぐへへ、お嬢ちゃん……今日は何色のパンツ穿いてるんだい？」

「っ！　……ハァ」

真面目な表情のまま下卑た声を出す相方に、反射的に平手を振り上げそうになるのをぐっと堪(こら)え、アリサは疲れ切った溜息(ためいき)をこぼす。本当にこんなのがパートナーでよかったのか、自分の判断が不安になってくる。

「お願いだから、少しは緊張感を持ってよ……」

「おいおい、俺だって少しは緊張してるぞ？　あ、毅と光瑠見っけ。お～い」

「どこがよ。あ、ちょっ、と！」

友人に向かってひらひらと手を振る政近の手首を摑(つか)み、強引に膝(ひざ)の上に置かせる。そして、その緊張感のない顔をギロンと睨(にら)み上げた。

「ねえ、ほんっとにやめてくれる？　恥ずかしいから」

「安心しろ。お前より俺の方が絶対恥ずかしいから」

「だったら少しは恥ずかしそうにしなさい」

「な、なんてたくましい手……やだ、そんな熱い目で見つめないで。わ、わたし、恥ずかしい……！」

「……」

「おっと、ゴミを見る目かな？」

一向に真面目にする様子がない政近に、アリサは乱暴に手を離すと、無言でそっぽを向いた。

「お～い、アーリャさんや～い」

「……」

「なんだよぉ、ずいぶん緊張してるみたいだから、ちょっとほぐしてやろうと思っただけじゃんかよぉ」

「……別に、緊張なんてしてないわよ」

「ホントかぁ～？　まだちょっと顔が硬いぞ？」

素っ気なく突っ返すアリサの横顔をじっと見つめ、政近は疑わしい声を出した。実際、だいぶ頬に血色は戻ってきたが、まだ無理をしている感じがあった。政近は小さく息を吐くと、真面目なトーンで優しく声を掛ける。

「別に、緊張を隠す必要はないさ。初めての学生議会、緊張するのは当然だ。むしろ、『緊張してますが、一生懸命やるのでよろしくお願いします』って、自分で言っちゃうくらいでちょうどいい」

「……言わないわよ、そんなこと」

「ま、そうだよな」

あらかじめ予防線を張って、自分を甘えさせるようなことを、アリサは絶対にやらない。完璧主義者のアリサのこと、最初から最後まで完璧にやり抜こうと考えているのだろう。

「アーリャ、こっち向け」

「……？」

怪訝そうに振り返ったアリサの目を見つめながら、政近は問う。

「アーリャ、お前の敵は誰だ？」

「……谷山さんでしょ？」

「違う。お前の敵は、お前が理想とする、完璧なお前自身だ。そうだろ？」

政近の言葉に、アリサは少し瞳を揺らしてから、ゆっくりと頷いた。

「……そうね。私は、自分の理想と同じように出来ないことを、一番恐れてるのかもしれないわ」

「だろ？　つまり、評価基準はお前自身。そして、演台で話すのもお前だけだ。観客はあくまで観客。質疑応答もない以上、どれだけ数がいようが関係ない。そうだろ？」

「そう、かしら？」

「そうだよ」

不安そうに視線を彷徨わせるアリサに、政近はあえてはっきりと断言した。精神的に不安定な状態になっていればいるほど、自信に満ちた断定的な言葉が響くということを、政近は知っていた。

「お前は、お前が思う一番かっこいい自分を演じることだけ考えていればいい。安心しろ、いざとなったら俺が全部なんとかしてやる」

「……」

アリサは、政近の言葉を咀嚼するようにゆっくりと瞬きをすると、少し落ち着いた様子で前に向き直った。

ちょうどそこへ、議長を務める統也が舞台袖から近付いてきた。

「久世、九条。そろそろ時間だが、大丈夫か」

「大丈夫です」

そうはっきりと返してから、隣のアリサに視線を向ける。すると、アリサも静かに統也を見返して頷いた。

「私も、大丈夫です」

「うん、よし」

しっかりと頷くと、統也は今度は沙也加の方へと向かった。そちらでも確認を取ると、統也は舞台左端に設置された司会者台に立ち、マイクに向かって声を張った。

「定刻になりましたので、これより学生議会を開会します」

統也の開会宣言に、ざわついていた聴衆は徐々に静かになる。それを待ってから、統也は参加者の紹介に移った。

「議長は私、生徒会長剣崎統也。建議者は一年F組の谷山沙也加、並びに一年D組の宮前乃々亜」

統也の視線を受け、沙也加と乃々亜が席を立って一礼。観客席からパラパラと拍手が上がり、支持者からの激励が飛ぶ。

「抗議者は、生徒会会計の九条アリサ、並びに生徒会庶務の久世政近」

続いて、アリサが綺麗に、政近がどこか芝居がかったお辞儀をする。今度もパラパラと拍手が上がったが、その数は先程よりも少なく、激励はなかった。

「議題は『生徒会加入における教師の査定の導入』です。それでは建議者、主張を」

「はい」

マイクなしでもよく響く声ではっきりと答え、沙也加が立ち上がる。緊張した素振りも見せずに舞台を歩くと、途中で一度統也の方に会釈をしてから、堂々と演台に上った。それと同時に、舞台後方のスクリーンに沙也加の姿が大きく映し出される。

「皆さん。お忙しい中お集まりいただき、ありがとうございます。今回わたしが提案させていただくのは、『生徒会加入における教師の査定の導入』。平たく言えば、生徒会に加入する際に、教師の推薦が必要になるようにしようというご提案です」

観客を見回してあいさつをしてから、沙也加はよどみなく自説を語る。

「現在、生徒役員は会長並びに副会長が選ぶということになっています。しかしその実情は、立候補してきた生徒を無差別に受け入れていると言っても過言ではありません。事実、中等部と高等部の、一時的にでも生徒会役員になったことがある生徒全員にアンケート調査を実施したところ――」

（……マジか。わざわざそんなデータまで用意してきてるのか）

この短い期間で数値データまで用意している周到さに、政近は舌を巻く。

（いや、これは谷山じゃなく宮前か……）

称賛と苦み半々に乃々亜に視線を向けると、当の本人は我関せずといった様子でぼーっと自分の爪を眺めていた。

どうやら、本格的にこの議会中は傍観者を決め込むつもりらしい。

「このことから、立候補さえすれば誰でも生徒会役員になれてしまうという現状はご理解いただけたと思います。しかし、これはどうなのでしょうか？　伝統と格式あるこの征嶺学園。その生徒代表である生徒会が、たとえどれほど素行に問題がある生徒であったとしても、望みさえすれば誰でも入れるような組織であっていいのでしょうか？」

客観的な事実を示した上で、沙也加は語気を強めて聴衆に語り掛ける。

「わたしは、生徒会には本当に選ばれた優秀な生徒だけが加われるようにすべきと考えます。皆さんもそうではないでしょうか？　自分達の代表として、あるいは部活動をしている人にとっては時として上位者として、一段上に君臨する生徒会役員には、それにふさわしい資質を持った人間が立って欲しいのではないですか？　想像してみてください。普段成績も悪く、素行もよくない生徒が、生徒会役員になった途端自分の上位者となるのですよ？　自分達に指示をし、許可を出す立場となるのですよ？　嫌ではないですか？」

沙也加の問い掛けに、観客席の間で「言われてみればたしかに……」といった雰囲気が広がるのを、政近は感じ取った。

（流石に、上手いな……）

それまでは「別に生徒会に入りたいわけじゃないし、どっちでもいいかな」と他人事だった生徒達を、視点を変えることで当事者にした。

今、生徒達の意見は「どっちでもいいけど、どうせなら優秀な人間に就いてもらいたいかな」という方向に傾いている。完全に沙也加が思い描いた通りの展開だろう。

「そこで、教師の査定を導入するのです。具体的には、生徒会の加入届に、担任の先生と学年主任の先生、更に生活指導の先生と学園長先生のハンコをもらわなければならないという形式にします。これにより、先生方のお墨付きを得た、真に優秀な生徒のみで構成された生徒会が完成するのです」

観客席に視線を巡らせ、沙也加は最後の仕上げとして力強く語る。

「より洗練された、高い品格と権威を兼ね備えた生徒会を実現するために！　どうか皆さん、賛同をお願いします!!　……ご清聴、ありがとうございました」

沙也加が一礼すると、観客席から大きな拍手と支持者の歓声が上がる。それらに一通り手を上げて応えてから、沙也加は統也に視線を向ける。意を受け、統也がマイクを手に取った。

「それでは、質疑応答に移ります。抗議者、何か質問はありませんか？」

統也がアリサと政近に視線を向け、聴衆の視線もそちらに集まる。沙也加の見事な主張に、噂の転入生はどう切り込むのか。関心と期待に満ちた視線の中、アリサは静かに統也を見返すと……無言で首を左右に振った。

「えっと、ありませんか？」

意表を突かれた様子で確認する統也に、政近が手振りで先に進めるよう求める。予想外の展開に、生徒達の間で「なんだ、打つ手なしかよ」といったがっかりした雰囲気が流れる。しかし、これは最初から政近がアリサと相談して決めていたことだった。

歴戦の沙也加が、質疑応答で隙を見せることはまずない。下手に質問したところで、完璧に返されてポイントを稼がせてしまうだけだ。苦しい質問ならしない方がいい。それより、相手の主張を聞いた上で滔々と自分の主張を語る余裕を見せた方がいいという判断だ。

（ここまでは、予定通り）

沙也加の主張も、大筋は予想通りのものだった。問題ない。あとはアリサ次第だ。

「さて、準備はいいか？」

「……ええ」

アリサが静かに答えたところで、統也の声が響き渡った。

「……それでは、続いて抗議者の主張を」

「はい」

特別声を張っているわけでもないのに不思議とよく通る声で答えると、アリサは立ち上がる。

「よし、行ってこい！」

背中に政近の激励を受け、アリサはゆっくりと演台へと向かった。そのアリサに、聴衆の興味深そう……と、言うにはいささか以上に意地悪な視線が集まる。

「(さて、こっからどう逆転する気かな？)」

「(いやいや、質疑でぐうの音も出なかった時点で終わりじゃね？　もうこんなの谷山さんの勝ちだろ)」

「(だから俺言ったろ？　周防さんが出て来なきゃ勝ち目なんてないって)」

「(まあまあ、あの〝孤高のお姫様〟がどんな演説するのか、聞くだけ聞いてみようよ)」

「(そもそもちゃんとしゃべれんのかな？　頼むから泣いたりしないでよ〜？)」

講堂のあちこちから、侮りと嘲りが入り混じった声が上がる。会場の雰囲気は、もはやアリサがどのように反論するかよりも、あの〝孤高のお姫様〟がどんな負け方をするかを期待する向きが生まれていた。

その嫌な空気に、舞台袖の茅咲が眉を吊り上げて表に出ようとし、しかしマリヤに腕を摑んで止められる。演台に向かうアリサを見守るマリヤは、妹を信じる厳しくも優しい姉の目をしていた。そして、当のアリサは……周囲のそれらを一切意識することなく、自分の内面に意識を集中していた。

（私が思う、理想の私……一番、かっこいい私……）

政近に言われたことを反芻し、自分が理想とする姿を想像する。かっこいい姿といえば、先程の沙也加も堂々としていてかっこよかった。でも、それ以上に……

（そう、あの時……どうしていたかしら？）

思い出す。あの時の、誰よりもかっこよかった彼の姿を。あの時、彼は……

（ああ、そうだったわね）

想像が、定まった。あとは、頭に描いたそのイメージ通りにするだけだ。

演台に立ち、観客席にゆっくりと視線を巡らせる。そして……アリサは、笑った。

◇

演台に立ったアリサが笑みを浮かべた瞬間、観客席に小さくないざわめきが起きた。ある者は虚を衝かれ、ある者は純粋な驚きに、そしてある者は……その笑みに一人の少年の姿を幻視し、目を見開く。

「皆さん、こんにちは。生徒会会計の九条です。今回の議案に関して、生徒会代表として反論させていただきます。どうぞ、よろしくお願いします」

そして、どこか芝居がかった態度で一礼する。余裕たっぷりに、まるで、相手の健闘を称えるように不敵に。

一瞬にしてその場の全員が、先程の質疑で沈黙を守ったのは、質問を〝出来なかった〟のではなく〝する必要がなかった〟のだと直感した。

その、〝孤高のお姫様〟のイメージにそぐわないどこか挑発的なあいさつに、聴衆の見る目が変わる。

「さて、先程谷山さんは、生徒会役員になる手続きに先生方の査定を組み込むことで、より生徒会の権威が高まるとおっしゃいました。しかし、私の意見は逆です。私は、教師の査定が入ると、かえって生徒会の権威は下がると考えます。なぜならそれは、生徒会の核である生徒会長と副会長が持つ、生徒会役員の任命権を剝奪することだからです」

至極論理的に思えた沙也加の主張に対して、アリサが真っ向から反論したことに、観客席の生徒達は否応なく興味を惹きつけられた。

「そもそも、生徒会において最も生徒の羨望と尊敬を集めるのは、選挙で選ばれた生徒会長と副会長です。熾烈な選挙戦を勝ち抜き、その地位を勝ち取った二人だからこそ、学園から多くの権限を与えられているのです。生徒会役員の任命権は、その最たるものと言えるでしょう。その権限を、部分的とはいえ教師に渡すのはいかがなものでしょうか？　それは、今の生徒会は教師の手を借りなければ自らの威厳を守れないと言っているようなものではないでしょうか？」

講堂内に、アリサの主張が響く。その凛々しくも美しい姿にある者は感嘆の吐息を漏らし、その堂々とした態度にある者は感心して唸った。わずか数分で会場の空気を一変させたアリサだったが、当のアリサはそれを意識することもなく、滔々と自分の考えを述べる。

「この学園は生徒の自治を重んじています。生徒会に大きな裁量権が与えられているのもそのためです。その生徒会のメンバーを自由に決められる立場にいるからこそ、生徒会長と副会長は特別なのです。もし生徒会役員の選定に、教師の査定が加わったらどうなるでしょうか？ 会長と副会長は、自らが見込んだ生徒を自由に生徒会に加えることが出来なくなるでしょう。先生方のお墨付きを得た役員の加入を拒むことも、出来なくなるでしょう。事実上、生徒会役員の任命権は教師に委ねられるのです。教師が選んだ役員が、生徒会の実務の大半を執り行うのです。それは、征嶺学園生徒会の本来あるべき姿と乖離しているのではないでしょうか？」

アリサの熱弁に、沙也加の意見に傾いていた聴衆が揺れ動くのを、政近は感じ取った。

（よし、落ち着いて話せているな。完璧だ）

アリサの堂々たる話しっぷりに、政近は胸を撫で下ろす。正直、予想以上だった。直前までの緊張ぶりを見るに、もう少しぎこちない感じになると思っていたが……これなら十分勝負できる。

（教師の査定を経たエリートだけを集めた方が、生徒会の格が上がるという谷山の主張。生徒投票で選ばれた会長と副会長が全ての任命権を握っているからこそ、生徒会の格は守られるというアーリャの主張。どちらにも理がある……今のところ、見た感じは五分と五分か……？）

アリサの後ろ姿を満足そうに見守っていた政近は、左側から鋭い視線を感じてそちらを振り向いた。

そこには、眼鏡の奥から鋭い眼光でこちらを睨む沙也加の姿。その目が、はっきりと「これはお前の入れ知恵か？」と問い掛けていた。

（違うよ、谷山。これは……全部アーリャの言葉だ）

今回のアリサの主張に、政近は一切入れ知恵をしていない。政近がしたのは、沙也加の主張を予想することだけ。このアリサの主張は、政近の予想を基にアリサが組み立てた、百パーセントアリサのものだ。

（お前の相手は俺じゃない。アーリャだ）

そういう意志を込めて沙也加を見返したその時、アリサの主張が終わり、質疑応答が始まった。すかさず沙也加が手を挙げ、アリサに切り込む。

「生徒会長と副会長が生徒会役員の任命権を握っているとおっしゃいましたが、先程わたしが述べたように、近年は立候補した生徒全員が役員になれているのが実情です。それについてはどうお考えでしょうか？」

「それで問題が起きていないのなら構わないのではないでしょうか？　もし問題が起き、生徒達から不満の声が上がったのなら、その時生徒会長が大ナタを振るえばいいのです。それが上に立つ者の責任というものでしょう」

政近に入れ知恵を受けているなら、質疑でボロが出ると考えたのだろう。しかし、アリサは揺るがない。

「ＯＢ会の皆様からは、最近の生徒会の質の低下を懸念する声も上がっています。だからこそ、先生方の目を入れなければならないと考えますが、いかがでしょうか？」

「それを決めるのは、それこそ生徒会長と副会長の二人であるべきでしょう。自分達の実力不足を認め、教師に助けを求めるのも一つの決断です。しかしそれは、私達が決めることではありません」

むしろ、だんだん沙也加の方が余裕がなくなってきていた。予想外の相手の手強さに、少しずつ主張が論理性を欠き始めている。

（相手を見誤っていたのが、お前の失敗だよ。そこにいるアーリャを見ずに、ありもしない俺の幻影を追っていた。お前の相手は最初からアーリャだったのに、お前は俺の方ばかり見ていた……）

政近は最初から、沙也加の相手をするつもりはなかった。事前にアリサの主張を聞き、沙也加の相手は十分務まると判断し、全面的に任せていた。

そう、政近の相手は沙也加ではない。政近が、相手にすべきは……

（さて、どう動く？）

アリサに苦しい質問を投げかける沙也加の隣、乃々亜に目を向ける。それまで我関せずといった態度を貫いていた乃々亜も、静かに政近を見返した。

そして、まるで何かを謝罪するかのように目を閉じて目礼すると、スカートのポケットに手を突っ込んだ。

「……？」

……変化は、徐々に起こった。

最初に起こったのは、ほんの小さなさざめき。それが、徐々に講堂内全体に広がり始めた。耳を澄ますと、断片的に〝転入生〟とか〝部外者〟とかいう単語が拾える。それと同時に、観客席から沙也加に対する声援が上がった。

（チッ、やってくれたな……サクラ、か）

印象操作。学内に非常に広い人脈を持つ乃々亜だからこそ出来る盤外戦術。

この学園には上流階級の子息が多いせいもあって、少なからぬ選民思想を持った生徒がいる。そういった生徒にとって、超一流企業の社長令嬢である沙也加と中流階級で転入生であるアリサでは、持つ印象に大きく差がある。聴衆の中に仕込んだサクラにその辺りを刺激させれば、主張の論理性を差し置いて感情面で沙也加に投票してしまう可能性が高い。

だがそれ以上に、問題なのは……

「ぁ……」

アリサが、聴衆の存在を意識してしまったことだった。それまで自分にのみ意識を向けることで保っていた冷静さが、聴衆を意識したことで揺らぐ。

後ろから見ていても、その体が急激に強張るのがはっきりと見て取れた。

「う……っ！」

急に黙ってしまったアリサに、生徒達のざわめきが増す。そのことに焦って何かを言おうとすればするほど、アリサはかえって言葉が出なくなる。

(早く、言わなくちゃ……あれ？　何を言おうとして……質問、なんだった、早く、何を、でも、何か——)

緊張がピークに達し、軽いパニック状態に陥りかけたところで、背中を優しく叩かれる。

「よく頑張った。あとは任せろ」

アリサが弾かれたように声のした方を見ると、そこには誰よりも頼りになる少年の姿。

政近はアリサと並んで演台に上がると、へらっと笑いながらマイクを手に取った。

「失礼、質疑の途中ですが、ここからは俺が引き継がせてもらいます。予想以上に長くしゃべることになったからね、喉やられちゃったのかな？　まったく、普段からあまりしゃべらないからこうなるんだぞ？」

そして、アリサの方に視線を向けながら茶化すように言う。いきなりイジられたことにアリサがむっとすると、観客席に笑いが広がった。

会場の空気がゆるんだところで、政近は切り札を出すことを決意する。

(普通に主張の論理性で勝てるなら、それでよかったんだけどな……そっちが感情に訴えてきた以上、こっちも同じ手を使わせてもらう)

出来ればやりたくはなかった、が……アリサと約束したのだ。「いざとなったら俺が全部なんとかしてやる」と。だから……政近は、笑顔で全部ぶっ壊すことにした。

「えっと、それじゃあ喉やっちゃった相棒のためにもさっさと終わらせたいと思うんですが……そもそも、これ以上議論って必要ですかね？」

おちゃらけた態度から突然ぶっこまれた問い掛けに、聴衆がざわつく。そこへ、政近はすかさず追撃を加えた。

「こんな議論、もう一カ月前に決着ついてるんじゃないですか？」

どういうことかと首を傾げる聴衆を見回し、政近はスッと右腕を上げると、司会者台に立つ統也を手で示した。

「あの剣崎会長を会長に選んだ時点で……皆さんの気持ちは固まっているのでは？」

突然の名指しにぎょっと目を剝く統也に、生徒達の視線が集まる。

「皆さんご存知の通り、剣崎会長は一年前まではクラスでも目立たない劣等生でした。いえ、もうこの際本人が言ってたんではっきり言っちゃいますけど、陰キャでした！　それはもう先生方のお墨付きなんて絶対もらえないようなクソ陰キャでした!!」

「おぉい!?」

思わずといった感じで半笑いの統也が叫ぶと、講堂内にドッと笑いが起こる。そこへ、すかさず政近は畳み掛ける。

「しかし、剣崎会長は努力しました。生徒会に入ってから必死に努力をして、成績を上げ、男を磨き、遂にはあの征嶺学園の征母をオトしてみせたのです！　皆さんも、そんな剣崎会長の姿に胸を熱くしたんじゃないんですか？　陰キャ劣等生からカリスマ生徒会長に変身した彼を、応援したいと思ったんじゃないんですか!?」

身振り手振りも加えながらそこまで一気に語ったところで、政近は一旦口を閉じ、聴衆を見回した。そして、生徒達の視線が集まったタイミングで、一転して静かに語り掛ける。

「剣崎会長が生徒会長になれたのは、どんな生徒でも熱意さえあれば生徒会役員になれるという仕組みがあったからです。もう一度訊きます。これ以上議論は必要ですか？」

その政近の質問に、答えは返らなかった。誰もが……沙也加と乃々亜でさえもが、完全に沈黙した。

「あぁ～……ンンッ、なんだかいきなり後輩にイジられてビックリしたが……もう質疑がないようならこれから最終弁論に移るが、建議者、よろしいか？」

「……」

沙也加が無言で立ち上がったのを見て、政近はアリサの背を押して席に戻るよう促した。

そうして演台から下りたところで……突然、乃々亜の驚きの声が上がった。

「え、ちょ、さやっち⁉」

その声に振り返ると、なんと沙也加が舞台袖に駆け去っていくところだった。完全に予想外の事態。加えて一瞬見えた沙也加の表情に……政近は、その場から動けなくなってしまった。立ち尽くす政近の代わりに、動いたのはアリサだった。すぐさま駆け出すと、沙也加を追って舞台袖に消える。

建議者と抗議者、それぞれの代表が途中退場するという前代未聞の事態に、講堂内は激しくざわつく。誰もが戸惑い、ただただうろたえる中、乃々亜が頭を掻きながら立ち上がると、スタスタと舞台中央に歩き始めた。

「ごめん、迷惑掛けたね」

そして、途中で政近にそう告げると、演台に立って両手を上げた。

「は～い、降参しま～す」

これまた前代未聞の降参宣言に、一瞬の沈黙の後、講堂内に戸惑いに満ちた囁きが広がる。そこへ、いち早く立ち直った統也が戸惑いながらも声を掛けた。

「え、あぁ～建議者の案は、否決ということで……それでいいと？」

「あ、いいっすいいっす。いやぁ、うちの沙也加がどうもお騒がせしました」

そう言ってぺこりと頭を下げる乃々亜を見て、統也が咳払(せきばら)いしてから宣言する。

「それでは、議案は否決……これにて、学生議会を閉会します」

そうして、学生議会は戸惑いの中で幕を閉じるのだった。

◇

「では、お願いしますね。政近君」

「ああ、任せろ。有希(ゆき)」


あの二人を見た時、理想的な二人だと思った。

誰をも惹(ひ)きつける人間的な魅力、圧倒的カリスマ。それを支える、陰の功労者。

全幅の信頼を持って背を預け、限りない献身を持って背を支える関係。

ああ、あの二人は誰よりも強い信頼関係と、深い絆(きずな)で結ばれているのだと。あれに勝てないのはもう仕方がないと。称賛と感嘆と……少しの羨望(せんぼう)と共に、諦(あきら)めることが出来た。

だから、あの二人を見た時に、裏切られたと思った。

なぜ貴方はそこにいるのか。わたしが憧れ、何より尊いと感じたあの絆は、嘘だったのか。憧れと尊敬は憎悪に変わり、どんな手を使ってもこの二人を引き裂き、その関係性を破壊してやろうと思った。

なのに……共に並び立つあの二人を見て、どうして心が震えるのか。

以前は一歩引いたところにいた彼が、今は隣に立っている。以前よりも明るく、生き生きとした表情で。

なんでそんな顔をするのか。隣にいるのは、彼女ではないのに。なんで、どうして

……どうしてこんなにも、胸が痛むのか。

「待ちな、さい！」

講堂から駆け出し、体育館の裏手まで来たところで、アリサは沙也加に追い付いた。背後からその腕を掴み、足を止めさせる。

「講堂に戻りなさい。途中で逃げ出すなんて、許さないわ！」

足は止めたものの一向に振り向かず返事もしない沙也加に、アリサはキリリと眉を吊り

上げる。

「なんとか言っ――」

そして強引に前に回り込み、その顔を見て息を呑んだ。

「あなた――」

戸惑いに声を揺らすアリサを、沙也加は涙に濡れた瞳でキッと睨むと、乱暴にアリサの手を振りほどいた。

「なんで……！　どうして、あなたが！」

激情のままに吐き出された言葉に、アリサは硬直する。

「久世さんと周防さんは、唯一無二の二人だったのに！　あの二人だから、わたしは！　わたしは……っ！　諦めたのに！　どうして……っ!!」

険しく吊り上げた目からボロボロと涙をこぼしながら、血を吐くように声を絞り出す沙也加。怒りや悲しみ、その他様々な感情が入り混じって飽和しそうな叫びを間近に受け、アリサはおぼろげながら沙也加の本心を悟った。

「あなた、あなたは――」

それ以上、言葉が出てこない。ずっと、悪意があってのものだと思っていた彼女の言動が、その逆。好意があったからこそのものだと分かってしまった今、アリサは何も言えなくなってしまった。

いつもそうだった。こういう時、いつも気が利いたことが言えない。人の心を、動かせない。だから……アリサはただ、全てを受け止めることにした。せめて、彼の代わりに彼女の激情を受け止めること。それが、自分に出来る唯一の役目だと思ったから。

「あなたが……何か、私に言いたいことがあるなら。全部、言えばいいわ」

「っ！」

真っ直ぐに言い切ったアリサを、沙也加は憎々しげに見つめ……不意に顔を伏せると、長く息を吐き出し、震える声で言った。

「わたしに、何かを言う資格なんて、ありません」

そして再び顔を上げた時、沙也加の顔にはどこか虚ろな泣き笑いの表情が浮かんでいた。

「本当に、馬鹿みたいです……勝手に信じて、憧れて、勝手に裏切られたと思って、八つ当たりして……全部、わたしの独りよがりだったのに。ふ、ふ……うぅ……っ！」

沙也加の気持ちが、アリサには分からなかった。でも、本来の彼女はすごく理性的な人であるということは、なんとなく伝わってきた。

そんな彼女が怒りに我を忘れてしまうくらいに、彼女にとってはショックだったのだろう。政近が、有希ではなくアリサとペアを組んだことが。

「あ、いたいた」

不意に聞こえた声に視線を向けると、体育館の角を回り込んで乃々亜がやってきた。

「あ～あ～派手に泣いちゃってぇ……ごめんね九条さん。ここはもう、アタシに任せてくれていいから。くぜっちの方に行ってくれる？」

「えっ、と……」

「いいのいいの、ね？　お願い」

乃々亜の言葉に、アリサは沙也加の方を気にしつつも講堂の方に歩き出す。しかし、数歩歩いたところで振り返ると、乃々亜に肩を抱かれた沙也加に向かって声を掛けた。

「谷山さん」

沙也加は、振り返らない。それでも、アリサは構わずに続ける。

「久世君が、なぜ私を選んでくれたのか……それは、私にも分からないわ。でも、私はその意志に応えたいと思ってるの。だから……」

上手く、言葉にならない。これが、彼女に掛ける言葉として正しいのかも分からない。それでも、アリサは精一杯の言葉を沙也加に伝えた。

「だから……頑張るわ。いつか、あなたにも認めてもらえるように。……それだけ」

そして、足早にその場を去った。その後ろ姿を見送り、乃々亜がしみじみと呟く。

「いやぁ……いい子だね、九条さん。もっと冷たい子かと思ってたんだけど、なかなか……」

「……そうでしょうね。久世さんが、選んだ人だもの」

涙に濡れた声でそう言うと、沙也加が微かに顔を上げて問う。

「……討論会は？」

「ん？　ああ、こっちの降参ってことにしておいたよ。まあだいぶざわついてたけど、くぜっちゃ会長さんが上手いこと収拾付けてくれた感じ」

「そう……ごめんなさい。貴女にも、迷惑を掛けてしまって……」

「い～よい～よ、親友なんだから」

軽く言って笑うと、乃々亜は沙也加の眼鏡を外させ、正面からぎゅっと抱き締めた。

「それに、今更っしょ。まったくもう、さやっちは昔っから急に泣いて喚いて手が付けられなくなるんだから……」

「そんなこと……」

「い～や、あるね。アタシが何回アンタの癇癪に付き合ったと思ってんの」

言葉とは裏腹に、優しい手つきで沙也加の背を撫で、乃々亜は言い聞かせるように言った。

「落ち着いたら……くぜっちゃや九条さんに、謝りに行こうね。アタシも、付き合うからさ」

「……」

親友の言葉に、沙也加は無言のまま小さく頷く。そんな沙也加の背を、乃々亜はあやすように撫で続けていた。

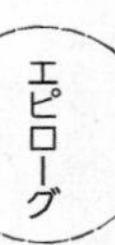

理由

統也と政近の指示に従い、列をなして講堂を出て行く生徒達。その光景を、一段高いところから見下ろしている二つの人影があった。

「フッ、兄上もまだまだ甘い」

観客席の上に設置された調光室で、紅茶を片手に悠然と笑う有希。演台に立って生徒達の退出を見守っている政近を見下ろしながら、椅子の背もたれに背を預け、余裕たっぷりに脚を組み替える。

「兄上がその気になれば、こんな茶番すぐに終わらせられただろうに……パートナーに成長の機会を与えたのか、それとも見知った顔を相手に手心を加えたのか……」

ティーカップの中で紅茶を回しながら、有希は冷たい目で政近を見下ろす。

「まあ、いい……あの程度であれば、所詮私の敵ではない。その甘さが、遠からずその身を滅ぼすだろう……そうは思わないか？」

振り返ることなく有希が問い掛けると、斜め後ろに控えた綾乃が小首を傾げる。

「そうでしょうか？　政近様もアリサ様も、大変ご立派だったと思いますが」

綾乃の怪訝そうな声に、有希は気分を害したようにカップを置くと、眉根を寄せて振り返った。

「綾乃……」

「はい、なんでしょうか」

「分かってない……分かってないよ。一つの戦いが終わった後に、不敵に、余裕たっぷりに、なんだったら目元に影も加えて！　無駄に上から目線で評価を下す！　これもまた、強キャラ感を演出する重大な要素なんだよ⁉」

椅子の肘置きに拳を振り下ろしながら力説する有希に、綾乃は素直に頭を下げる。

「申し訳ございません。わたくしの勉強不足でした」

「まったく、しっかりしてよ……なんのためにクソ暑い音響照明担当を引き受けたと思ってるのさ」

照明機器が発する熱で蒸し蒸しとしている室内で、有希は鬱陶しそうに手でパタパタと顔を扇いだ。すかさずポケットから取り出した扇子で主を仰ぎながら、綾乃は躊躇いがちに口を開く。

「僭越ながら……ひとつ、よろしいでしょうか？」

「なに？」

「その強キャラ演出というのは……最終的に負ける側の人間がやるものではないでしょうか？」

「……」

「あと、先程も申し上げましたが……調光室は飲食厳禁です」

「……」

綾乃の視線を追って、有希は照明の操作盤の上に置かれたティーカップを見下ろすと……いそいそと脚を揃え直し、慎重にティーカップを取り上げた。

「……綾乃」

「はい」

「……片付けよっか」

「畏(かしこ)まりました」

◇

片付けも無事に終わり、人気のなくなった講堂にて。政近とアリサは並んで観客席に腰掛け、誰もいない舞台を眺めていた。

他の生徒会メンバーも先に帰り、ガランとした講堂。しばし無言の時間が流れた後、アリサがぽつりと呟く。

「彼女、あなたを尊敬してたんだと思うわ」

「……？」

突然の言葉に内心首を傾げながらも、政近は無言で次の言葉を待つ。すると、アリサは前を向いたまま確かめるように言った。

「谷山さん、言ってたの。あなたと有希さんは、唯一無二のペアで……憧れてたって。だから、諦めたんだって」

「ああ……」

その言葉を聞いて、政近の中でストンと腑に落ちたことがあった。

ずっと、沙也加の態度に違和感を覚えていた。

理性的な彼女らしからぬ、憤怒と憎悪に取り憑かれたような態度。でも、言われてみればそれは自分にも身に覚えがあるもので……だからこそ、政近は沙也加の気持ちがよく分かった。

（そうか、お前は……裏切られたと思ったんだな）

ずっと疑問だった。なぜ沙也加は、生徒会に入らなかったのかと。

生徒会長を目指すなら、一年生の段階で生徒会に所属しておくのがセオリーだ。実際、中等部では彼女もそうしていた。逆にそれをしないということは、もう有希へのリベンジは諦めたのだと思われてもおかしくない。

だが……実際、その通りだったのだ。沙也加は、有希には敵わないと認め、自ら身を引いたのだ。恐らくは、政近の実績も認めた上で。政近が、有希と共に再び立候補するのだと疑いもせずに。

しかし、実際には政近は、有希の対立候補であるアリサと共に立候補することを選んだ。

（そりゃ……認められないよな）

彼女の目に、自分はどう映ったのだろう？　どんな思いで負けを認め、その決断を踏みにじられてどんな思いをしただろう？

期待や信頼、それらを裏切られた時に感じる心の痛みは、政近もよく知っている。それを自分が与えてしまったのだと思うと、政近は罪悪感に押し潰されそうになる。

「私、頑張るわ」

「……？」

アリサの宣言に、歯嚙みしながら俯いていた政近は顔を上げる。

「あなたが私と立候補することを選んだのは……間違いじゃなかったって。いつか、谷山さんに認めてもらえるように」

その真っ直ぐな言葉に、前向きな考え方に、政近は強烈な羨望を覚えた。ただ罪悪感に俯くだけの自分とは違い、堂々と頭を上げて前に進もうとするその姿が、政近にとっては胸が苦しくなるほど眩しかった。

それでも、今はアリサのそんな前向きな考え方がありがたかった。俯いていても仕方がない。そんな暇があるなら前を向くべきだと、気付けたから。

「……そうだな。谷山を納得させられるように……俺も頑張るよ。来年、俺達に投票したいって、そう思わせせられるくらい、な」

「そうね」

二人で頷きあい、政近とアリサは改めて決意を固めた。

もう、これは二人だけの戦いではない。沙也加を傷付け、踏み台にした以上、無様な戦いを見せることは許されない。

（結局また、あいつの涙に動かされることになっちまったな）

二年前にも見た沙也加の泣き顔を思い出し、政近は苦笑いを浮かべる。

そんな政近に、アリサは躊躇いがちに口を開いた。

「……ねぇ、訊いてもいいかしら？」

「ん？」

思考を中断してアリサの方を向く政近だったが、アリサは前を向いたまま悩ましげな表情をするだけで、なかなか続きを口にしない。

しかし、しばしの沈黙を経た後、ようやく政近の方を向いて問い掛けた。

「……なんで、有希さんじゃなくて私と立候補することを選んだの？」

「……」

その質問に、政近はゆっくりと瞬き(まばた)をしてから、ふいっと視線を上に向けた。今度は、アリサが静かに政近の言葉を待つ。

「……俺が、有希と生徒会をやったのは……あいつの頼みを、断り切れなかったからだ」

やがてぽつりとこぼれたのは、質問に対する答えになっていない、まるで独白のような言葉。

しかし、アリサは黙って耳を傾けた。政近もまた、アリサの反応を気にすることなく言葉を重ねる。

「あいつの目標を応援したい……そういう思いもあった。だけど一番は……やっぱり後ろめたさだったんだろうな」

「後ろめたさ……？」

「……」

気になる単語に思わず問い返すアリサだが、政近は前を向いたまま何も言わない。

その姿に、政近は今自分の内面と向かい合っているのだと理解したアリサは、自らの疑問を飲み込んで前に向き直った。

「だからかな……いつもどこか息苦しかったのは。夢とか目標とか、そういうものに一生懸命な周りの人間に比べて、自分の原動力ってロクでもねぇなぁなんて、いっつも自虐的なことばかり考えてたよ」

征嶺学園の生徒会長になる。それは本来、政近に課せられるはずの課題だった。

それを、妹に押し付けてしまった。その罪悪感があったからこそ、政近は有希の頼みを断れなかった。その後ろめたさがあったからこそ、何をやっても達成感が湧かなかった。

全ての理由と責任を妹に押し付け、陰でこそこそ器用に立ち回る自分が、ひどく卑怯に思えて仕方がなかった。

「陰の副会長、なんて言えばなんかカッコイイ気もするけどさ……結局のところ、表舞台に立ちたくなかっただけなんだよ。堂々と胸張って副会長やるだけの覚悟がなかったから、裏方に徹していただけだったんだ」

政近の、自分自身を貶めるような発言に、アリサはひどく胸が締め付けられた。

そんなことはない。そんなに自分を卑下する必要はない。そう言いたくても、当時の政近を知りもしない自分では、どうしても薄っぺらい言葉になってしまいそうで。

有希なら、彼の心を慰めてあげられるかもしれないのに。

マリヤなら、彼の心をやさしく包んであげられるかもしれないのに。

統也なら、茅咲なら、綾乃なら……そんな考えが次々と浮かんでは、無力感に胸が軋む。

どうして私はこうなのだろう。

どうして私は人の心に寄り添えないのだろう。

目の前の少年の心を少しでも軽くできるなら、なんでもしたいと思うのに。体は動かない。言葉は出ない。

ただ、黙って話を聞くことしか出来ない。

そんなアリサの苦悩を知ってか知らずか、政近は遠くを見るような表情から、一転して少し気恥ずかしげな表情を浮かべた。

「でも……今回は違う」

「……？」

「今回俺は、自分の意志で副会長を目指すと決めたんだ。……お前と、一緒に」

そこでようやく、アリサは自らが発した問い掛けを思い出した。なぜ有希ではなく自分を選んだのか。それに対する答えが、今まさに語られているのだと気付いた。

「だから、まあ……有希と比べるとか、そんなんじゃなくて、さ。俺は、自分の意志でお前と立候補するって決めたわけで……なんというか、自分の意志でこんなことを決めること自体初めてだし、比べるとかそんなんじゃ……まあ、その、なんだ。……そんな感じ」

視線を逸らし、頭をガリガリと掻きながら急にグダった政近に、アリサは思わず失笑する。

同時に、自分という存在が政近の心を前に向かせる助けとなったのだと察し、胸の中に喜びと安堵と……なんとも言えないくすぐったさが広がった。

「そこはもう少し、はっきり言って欲しかったのだけど？」

体の中がむずむずするような幸せな感覚に笑みをこぼしながら、アリサは悪戯っぽく言う。すると、政近は露骨に顔を背けながらつっけんどんな返しをした。

「うっせ、こっぱずかしいんだよ。大体分かっただろうが」

「ごめんなさい。よく分からなかったわ。もっと分かりやすく言ってくれる？」

「笑ってんじゃねぇか。言わねーよ。つーか、お前はどうなんだよ」

「なにが？」

露骨に意地悪な笑みを浮かべてにじり寄ってくるアリサに、政近はとっさに切り返す。

「お前は、なんで俺と立候補することを承諾したんだ？　分かりやすく教えてくれるんだろうな？」

「あら、そんなの簡単よ」

苦し紛れに問い返す政近に、アリサは余裕たっぷりに微笑むと、当然のように言い放った。

Потому что это ты.

その、実に分かりやすく簡潔な答えに、政近は頬が引き攣りそうになるのを必死に堪えた。

「っ、なんだ、そりゃ」

動揺を抑え、なんとか絞り出したその言葉に、アリサはロシア語で答えたことに対してだと思ったのだろう。

ふふんっと得意げな笑みを浮かべて肩に掛かった髪を払うと、席から立ち上がった。

「そろそろ、帰りましょうか」

「……はいはい」

同じように立ち上がると、政近はアリサに動揺を悟られないよう素知らぬ顔でググッと伸びをする。

(やっべぇ、谷山の涙よりよっぽど効いたかもしれん)

これはいよいよ本気を出さなければならなそうだと思いながら、政近は自分の単純さに苦笑する。

(ま、でも……悪くないよな)

少なくとも、かつてと同じように罪悪感だけを原動力に動くよりずっといい。

そう思い、政近はどこか晴れやかな気持ちで、入口に向かうアリサを追った。

「そう言えば……」

「ん？」

と、先を行くアリサが不意に立ち止まり、冷たい表情で振り返った。

「久世君……あれはどういうこと？」

「あれ？」

なんのことかと首を傾げる政近に、アリサは少し頬を染めながらも視線を険しくする。

「あれよ……私の、胸のサイズがどうとか……」

「う！　あ、あれ、ね……」

アリサの言葉に、討論会前に自分がやったことを思い出し、政近は視線を彷徨わせる。

「あぁ～いや、その、知り合いの女子が、前にそんなことを言ってて……安心しろ。他の人には言ってないし、そいつもただの憶測だったから」

「……」

「いや、マジでホント何気ない会話で出たんだって！　その……アニメでその、胸がEカップってキャラが出てきて、俺が『リアルなEカップってこんなに大きくないだろ』って言ったらそいつが、実際のEカップはアーリャくらいだって……」

苦しい言い訳にだんだん声が尻すぼみになる政近を、アリサは絶対零度の視線で見つめていたが……やがて、フンッと鼻息を鳴らして前に向き直った。

なんとか許してもらえたと思ってほっと胸を撫で下ろす政近に、小さな呟きが届く。

【ギリ正解】

一瞬理解が追い付かず、しかしそれが討論会前の質問に対する答えだと気付いた瞬間、政近は一気に混乱の極みに達した。

(ギリ？　ギリってどっちだ⁉　上か？　下か？　F寄りのEか？　D寄りのEか⁉　うおぉぉ——どっちだぁ⁉)

突然暴露された聞き捨てならない情報に、思春期を爆発させる政近。そんな政近にお構いなしに、耳の先を赤くしたアリサは、自分の表情を隠すようにさっさと講堂を出て行ってしまった。入口の扉がバタンと閉まり、しんとした静寂が講堂内に横たわる。

そして——

「どっちなんだぁぁぁ————‼」

ガランとした講堂に、思春期男子の叫びが響き渡った。

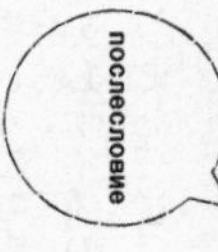

あとがき

約半年ぶりです。燦々SUNでございます。皆様の応援のおかげで無事こうして二巻を出させていただくことになりました。皆様本当にありがとうございます。

いやはや、一巻を出した当初は「もし売れなかったらこの綺麗な思い出を大切に胸の奥にしまって愛するなろうの世界に帰ろう。そしてなろうの片隅でひっそりと短編を生み出しながら時々コソッと箱にしまったアーリャさんを取り出してああそんなこともあったなぁと思い返そう」

なんて詩的なことを考えていたりいなかったりしたわけですが、蓋を開けてみれば予想を遥かに超えた反響を頂きまして。やっぱりももこ先生の神イラストと副編集長さんのガチプロデュースはすごいなぁって。さながら過保護な王様にレベル九十超えのパーティーメンバーを付けられたレベル一勇者の気分だったわけですが、えっと、なんの話やこれ。

（考えること五分十七秒）

ん、何を言いたいのか分からなくなったけどまぁいいや。どうせあとがきなんてほとんどの人は本気で読まないでしょ。逆に本気で読む人なら何を言いたいかは読み取ってくれるはず。

筆者の意図を読み取ると言うと、学生時代の現国のテストを思い出しますね。あれ、筆者の意図なんて筆者本人に訊かないと分からないのに、出題者が勝手に決めた正解は果たして正解と言えるのでしょうか？　全国の中高生の皆さんはこの疑問を現国の時間に教師にぶつけてみてください。きっと物凄く嫌な顔をされます。ホント、これこそなんの話やねん。この文章を書いてる意図？　私にだって分かりませんよ全国の現国教師の皆様どうか私の意図を解読してくださいお願いします。

よ〜し、テキトーに文章書いてたら大体埋まったな。どうだ、二巻の内容に一切触れることなくあとがきを終わらせてやったぜ。

まだリモートでしか会ったことない編集さんが遠くで額を押さえてる気がするけどきっと気のせいだ。

それでは最後に謝辞をば。圧倒的な企画力と編集力で、ろしでれの製作と宣伝にご尽力いただいた編集の宮川夏樹様。今巻も素晴らし過ぎる神イラストを描いてくださったももこ先生。一巻に引き続いて、更にパワーアップした漫画を描いてくださったたぴおか先生。アーリャに声を当ててくださった上坂すみれ様。政近に声を当ててくださった天崎滉平様。そしてこの本の製作に携わった全ての方々と本作を手に取ってくださった読者の皆様に、ＸＬサイズの感謝をお送りします。ありがとうございました！

また三巻でお会い出来ますように。それでは。

『ろしでれ』
よろしくお願いします

時々ボソッとロシア語でデレる隣のアーリャさん２

著　燦々SUN

角川スニーカー文庫　22763

2021年８月１日　初版発行
2024年11月20日　28版発行

発行者　山下直久

発　行　株式会社KADOKAWA
〒102-8177 東京都千代田区富士見2-13-3
電話　0570-002-301（ナビダイヤル）

印刷所　株式会社KADOKAWA
製本所　株式会社KADOKAWA

◆◇◇

Printed in Japan　ISBN 978-4-04-111119-2　C0193

★ご意見、ご感想をお送りください★
〒102-8177 東京都千代田区富士見2-13-3
株式会社KADOKAWA　角川スニーカー文庫編集部気付
「燦々SUN」先生
「ももこ」先生

［スニーカー文庫公式サイト］ザ・スニーカーWEB　https://sneakerbunko.jp/